국어과 선생님이 뽑은

한국문학읽기
한국고전읽기
세계문학읽기

국어과 선생님이 뽑은

한국고전 수필 모음

북·앤·북

국어과 선생님이 뽑은 한국고전 수필 모음

한중록 · 계축일기 · 인현왕후전 外

초판 1쇄 | 2015년 7월 15일 발행

지은이 | 혜경궁 홍씨 외
엮은이 | dskimp2000@naver.com
교정 | 이정민
디자인 | 인지숙
일러스트 | 이혜인
펴낸이 | 이경자
펴낸곳 | 북앤북

주소 | 서울 마포구 월드컵로 11길 35, 101동 502호
전화 | 02-336-9948
팩시밀리 | 02-337-4315
등록 | 제 313-2008-000016호

ISBN 978-89-89994-77-0 44810
　　　978-89-89994-91-6 (세트)

국립중앙도서관 출판예정도서목록(CIP)

한중록·계축일기·인현왕후전 外 : 국어과 선생님이 뽑은
한국고전 수필 모음 / 지은이: 혜경궁 홍씨 외 ; 엮은이: ds
kimp2000@naver.com. -- 서울 : 북앤북, 2015
　　p. ;　cm. -- (국어과 선생님이 뽑은 문학읽기 ; 31)

ISBN 978-89-89994-77-0 44810 : ₩8500
ISBN 978-89-89994-91-6 (세트) 44800

한국 수필 [韓國隨筆]
한국 고전 문학 [韓國古典文學]

814.5-KDC6　　　　　　　　　　　CIP2015015402

잘못된 책은 구입하신 서점에서 바꾸어 드립니다.

이 책에 수록된 작품의 표기는 '한글 맞춤법'의
규정을 원칙으로 하되 작가 특유의 문체나 방언,
외래어 등은 원본에 따른다.

국어과 선생님이 뽑은

한중록 계축일기 인현왕후전을

_____ 에게 드립니다

차례

고전수필(古典隨筆)

문학에는 상상적, 허구적 성격을 주로 하는 요소와 더불어,

실제의 생활 경험이나 생각을 담은 요소가 있다.

살아가면서 느끼는 생각과 과정을 기록한 글들이

그 속에 공감할 만한 의미와 미적 요소가 들어 있으면서 훌륭한 문학이 된다.

이러한 범위에 속하는 글들을 포괄적으로 '수필' 이라고 총칭한다.

우리나라에 이런 기록 문학이 본격적으로 발달한 것은

고려 시대 초기부터이지만, 17세기경부터 한글의 광범위한 보급과 함께

일상적 경험을 기술하는 데 있어

섬세하고도 구체적인 표현력에 대한 인식이 깊어짐에 따라

많은 한글 수필이 출현하게 되었다.

국어과 선생님이 뽑은

한중록 · 계축일기 · 인현왕후전 外

한중록

혜경궁 홍씨

한중록

작품 정리

이 작품은 사도 세자의 아내인 혜경궁 홍씨가 남편의 비극적인 죽음과 이를 둘러싼 역사적인 사실, 그리고 자신의 기박한 운명을 회상하며 기록한 것이다. 이 글을 쓴 주된 목적은 사도 세자의 아내요, 임오화변의 생생한 목격자인 작가가 그 진상을 밝히고 장차 순조에게 보여 억울하게 죽은 친정의 한을 설원하려는 것이다. 이 작품은 우아한 궁중 문체와 절실하고도 간곡한 묘사 등으로 한글로 된 궁중 문학의 백미로 꼽는다. 또한 한글로 된 산문 문학으로 국문학사상 귀중한 자료가 된다. 《계축일기》, 《인현왕후전》과 함께 궁정 수필의 하나이다.

작품 줄거리

영조는 그가 사랑하던 화평 옹주의 죽음으로 세자에게 무관심하게 되고 그사이 세자는 공부에 태만하고 무예 놀이를 즐기는가 하면, 서정(庶政)을 대리하게 하였으나 성격 차이로 부자 사이는 점점 더 벌어지게 된다. 마침내 세자는 부왕이 무서워 공포증과 강박증에 걸려 살인을 저지르고 방탕한 생활을 한다. 영조 38

년(1762) 5월, 나경언이 변고를 알리고 영빈이 간곡하게 설득해 왕은 세자를 뒤주에 유폐시켜 아사시킨다. 28세에 홀로 된 혜경궁은 세손과 중종을 생각하여 타고난 총명으로 영조의 뜻을 받들어 생명을 이어간다. 그리고 마침내 정조가 왕위에 오르자 그의 지극한 효성을 위안으로 삼으며 여생을 보낸다. 그러나 사도세자의 참화와 관련하여 친정인 홍씨 일문은 몰락하게 된다.

작가 소개

혜경궁 홍씨(惠慶宮洪氏)

　조선 영조의 아들 장조(莊祖 ; 思悼世子)의 비(妃)이며, 영의정 홍봉한의 딸이자, 정조의 어머니이다. 1744년(영조 20) 세자빈에 책봉되었으며, 1762년 남편이 살해된 후 혜빈의 칭호를 받았다. 1776년 아들 정조가 즉위하자 궁호가 혜경으로 올랐고, 1799년 남편이 장조로 추존됨에 따라 헌경왕후로 추존되었다. 그가 쓴 《한중록》은 남편의 참사를 중심으로 자신의 일생을 회고한 자서전적인 사소설체로 궁중 문학의 효시로 평가된다.

핵심정리

갈래 : 궁정 수필

연대 : 조선 영조시대

구성 : 내간체

배경 : 사도세자의 죽음과 혜경궁 홍씨의 파란만장한 삶

주제 : 임오화변의 진상을 알리고 몰락한 집안을 다시 일으켜 세움

출전 : 한중만록

한중록

계해년 3월에 부친이 태학장으로 숭문당에 입시(入侍, 대궐에 들어가 임금을 뵙던 일)하셨다는데 그때 부친의 춘추가 서른한 살이다. 그해에 왕세자비의 간택을 위한 단자(單字, 사주 또는 후보자의 명단 따위를 적은 종이)를 받는 명이 내려왔는데 일부에서 말하기를

"선비의 딸은 간택에 참여하지 않아도 문제 될 것이 없으니 단자를 말라. 가난한 집에서 간택을 위해 선보일 의상을 준비하는 폐도 여간 크지 않다."

하고 나의 단자 내는 것을 금하려 하였다.

그러나 부친께서는

"내가 세록지신(世祿之臣, 대대로 나라에서 녹봉을 받는 신하)이요, 딸이 재상의 손녀인데 어찌 임금을 속이리오."

하고, 단자를 하였다.

그때 우리 집이 너무나 가난하여 새로 옷을 해 입을 수 없었으므로 치맛감은 형의 혼수에 쓸 것으로 하고, 속감은 낡은 천을 넣어 만들었다. 그리고 다른 혼수 준비는 모친께서 빚을 얻어 준비하시느라고 애쓰시던 일이 눈에 선하다.

9월 28일에 초간택(初揀擇, 임금이나 왕자, 왕녀 따위의 배우자가 될 사람을 첫 번째로 고르던 일)이 되니 영조 대왕께서 나의 재질을 칭찬하시며 각별히 어여삐 여기시고, 또 정성 황후도 나를 착실하게 보시고 선희궁(사도 세자의 모친)도 얼굴에 화기가 가득 하시어 나를 보며 웃으셨다. 그리고 하사품을 내리며 나의 예식 치르는 행동거지를 선희궁과 화평 옹주께서 살피시고 예절에 맞도록 가르쳐 주시기에 그대로 하고 나와서 모친 옆에서 그날 밤을 지냈다.

이튿날 아침 부친께서 들어오셔서 근심 가득한 얼굴로 말씀하셨다.

"이 아이가 첫째로 뽑혔으니 이것이 어찌 된 일이오?"

"가난한 선비의 자식이니 단자를 올리지 말 것을 그랬습니다." 잠결에 부모님의 말씀을 듣고 괜히 슬퍼져서 이불 속에서 혼자 울었다. 또한 궁중에서 여러분이 좋아해 주시던 일이 생각나 근심이 되었다.

"어린아이가 무엇을 알겠느냐?"

부모님께서는 나를 달래고 위로하셨지만 초간택 이후 매우 슬펐으니 그것은 앞으로 궁중에 들어와서 온갖 괴로움을 겪을 것을 미리 알아채고 스스로 그러하였던가? 어느 한편으로는 사람의 일이라는 것이 분명한 인연이 있는 듯하였다.

 간택 후에는 갑자기 일가와 하인이 많이 찾아왔으니 사람의 마음과 세태가 그런 모양인가 싶었다.

10월 28일에 재간택에 임하니, 나의 마음도 자연 놀랍고 부모님도 근심하며 나를 궁중에 들여보내면서 요행

히 간택에서 떨어지기를 바라셨다. 궁중에 들어가니 이미 그때는 모두 결정이 난 모양으로 거처도 대접하는 법도 달랐다. 내가 당황하다가 어전으로 올라가니 영조 대왕께서 여느 처자와 달리 친히 나를 어루만지시며

"내 이제 아름다운 며느리를 얻었으니 네 조부 생각이 나는구나. 네 아비를 보고 좋은 신하를 얻었다고 기뻐하였더니 네가 그의 딸이로구나."

하며 기뻐하셨다. 또 정성 왕후와 선희궁께서도 나를 사랑하고 기뻐하시는 것이 분에 넘쳤으며 여러 옹주들도 내 손을 잡고 귀여워하여 좀처럼 돌려보내지 않았다. 그분들은 나를 경춘전(景春殿)에 오래 머물게 하며 점심을 보내시고 나인이 와서 내 윗옷을 벗기고 치수를 재었다.

집에 돌아오니 가마를 사랑 대문으로 들이고 부친께서 친히 가마 앞에 드리운 발을 걷고 도포를 입은 두 손으로 나를 잡아 내려 주셨다. 그때 조심스러운 아버님의 태도 때문에 나는 어쩔 줄을 몰랐다. 그리하여 부모님을

붙들고 눈물이 저절로 흐르는 것을 어쩔 수 없었다.

어머니께서는 옷을 새로 갈아입으시고 상 위에 붉은 보를 펴고 중궁전 글월은 네 번 절하고 읽으시고, 선희궁 글월은 두 번 절하고 받으시면서 여간 황송해하지 않으셨다.

그날부터 부모님은 나에게 존대를 하시고 일가 어르신도 공경히 대해 나의 마음은 불안하고 슬펐다. 부친께서는 근심 걱정을 하며 훈계하는 말씀이 많으니 마치 내가 무슨 죄를 지은 것만 같아 몸 둘 곳을 몰랐다. 또한 부모님 곁을 떠날 일이 슬퍼 간장이 녹을 듯하며 매사 아무런 흥미도 느끼지 못했다.

11월 13일에 세 번째 간택을 하고 1월 9일에 책빈(冊嬪, 빈(嬪)을 봉하여 세우던 일), 11일에 가례(嘉禮, 왕의 성혼이나 즉위, 또는 왕세자·왕세손·황태자·황태손의 성혼이나 책봉 따위의 예식)하니 마침내 내가 부모님 곁을 떠날 날이 다가와 슬픔을 참지 못하고 온종일 울음으로 보냈다.

부모님 역시 마음은 슬펐으나 참으시고, 어버지께서

말씀하시기를

"궁중에 들어가면 몸가짐이나 언행을 조심하여 삼전을 섬기며, 마음을 다하여 효에 힘쓰고, 동궁을 섬기되 반드시 옳은 일을 하도록 돕고, 말씀을 더욱 삼가 집과 나라에 복을 닦으소서."

하였다. 앉음새와 몸가짐의 모든 범절을 가르쳐 주시던 말씀이 하도 간절하셔서 내가 공손히 받들어 듣다가 울음을 참지 못했으니, 그때 마음이야 목석인들 어찌 그렇지 않았으리요.

일찍이 내가 임신하여 경오년에 의소를 낳았으나 임  신년 봄에 잃었으므로 영조 대왕을 비롯해 선희궁이 모두 애통해하셨다. 내가 불효한 탓으로 비참한 일이 생긴 것이 죄스럽더니, 그해 9월에 하늘이 도우셔서 주상(정조)이 태어나셨다. 나의 옅은 복으로 그러한 경사가 생기니 뜻밖의 일이었다. 주상은 나실 때부터 풍채가 훌륭하시고 골격이 커서 진실로 용봉(龍鳳, 용과 봉황을 아울러 이르는 말로, 뛰어난 인물을 비유함)의 모습이시며 하늘

의 해와 같은 위풍이셨다. 영조 대왕께서 보시고 크게 기뻐하시며 말씀하시되

"어린아이의 모습이 매우 범상치 않으니 선조의 신령이 도우심이요, 나라의 장래를 맡길 경사다. 내가 노경(老境, 늙어서 나이가 많은 때)에 이런 경사를 볼 줄 어찌 생각하였으랴. 네가 정명 공주 자손으로 나라의 빈이 되어 네 몸에서 이런 경사가 있으니 나라에 대한 공이 한량없다. 부디 아이를 잘 기르되 의복을 검소히 하는 것이 복을 아끼는 도리임을 알고 삼갈 것이니라."

하고 훈계하시니 어찌 명심치 않겠는가.

그해에 홍역이 크게 번져 옹주가 먼저 앓고 이어서 경모궁(사도 세자)께서 앓으시더니 거의 다 나으실 무렵에 내가 이어서 홍역을 하게 되고, 갓난아이가 또 발병하셨다. 그때 겨우 석 달 된 아기였지만 증세가 큰 아기같이 순조로웠으니 진실로 신기한 일이었다.

주상이 홍역 후 아무 탈 없이 잘 자라시고 돌 때는 글자를 깨쳐 보통 아이와 아주 달랐다. 계유년 초가을에 대왕께서 대제학 조관빈을 친히 문죄(問罪, 죄를 캐내어 물

음)하실 때 궁중이 모두 두려워하자 당신도 손을 저어 소리 지르지 말라 하시니, 두 살에 어찌 이런 지각이 있었으리요. 세 살에 보양관(輔養官, 조선 시대에 보양청(輔養廳)에 속하여 세자와 세손을 교육하는 일을 맡아 보던 벼슬. 세자 보양관은 정일품에서 종이품, 세손 보양관은 종이품에서 정삼품이었음)을 정하고, 네 살에 〈효경〉을 배우시되 조금도 어린아이 같지 않고 글을 좋아하시므로 가르치는 데 아무런 어려움이 없었다. 아침이면 어른 같이 일찍 소세(梳洗, 머리를 빗고 낯을 씻음)하고 책을 읽으셨다. 여섯 살에 유생을 불러 강의할 때 대왕께서 불러 용상 머리에서 글을 읽히시니 그 소리가 맑고 잘 읽었으므로 보양관 남유용이

"선동(仙童, 신선이 사는 곳에 살며 시중을 든다는 아이)이 내려와서 글을 읽는 것 같습니다."

하고 아뢰니 선대왕께서 기뻐하셨다. 이처럼 숙성하니 이는 예전에 없었을 듯하고, 어린 나이에도 경모궁에게 효도하는 일이 또한 많았으니 행동이나 말이 하늘 사람이지 예사 사람으로 여겨지지 않았다.

임오화변(사도 세자가 죽임을 당함)은 천고에 없는 변이라 선왕(정조)이 병신년 초에 영묘(영조)께 상소하여

"정원일기(政院日記)를 없애 버려라."

하고 그 글을 흔적도 없게 하였다. 이는 선왕의 효심으로 그때의 일을 모르는 사람이 없어서 무례하게 하는 것을 슬퍼하셨기 때문이다.

연대가 오래되고 사실을 아는 이가 없어지니 그사이에 이익을 탐하고 화를 좋아하는 무리가 사실을 왜곡하고 소문을 현혹케 하였다. 사도 세자가 병환이 아니라는 것을 영조께서 참소(讒訴, 남을 헐뜯어서 죄가 있는 것처럼 꾸며 윗사람에게 고하여 바침)하는 말을 들으시고 그런 처분을 하셨다 하고, 혹은 영묘께서 생각지도 못하신 일을 신하가 권해 드려서 그런 기막힌 일이 벌어졌다고도 말했다.

선왕(정조)이 영명(英明, 재능과 지혜가 뛰어나며 사리와 도리에 밝음)하시고 그때 비록 어린 나이였으나 모두 직접 보신 일이

라 내 어찌 속일 수 있을까. 그러나 부모님을 위한 일에 소홀하다 할까 두려워서 경모궁과 관련된 모년사(某年事)라 하면 일례로 그렇다 하고 시비 진위를 분별치 않으시니 이것은 당신의 가슴에 맺힌 아픔으로 어쩔 수 없는 일이었다.

선왕은 다 알고 정에 끌려 그러하시나 후왕(순조)은 선왕과는 처지가 매우 다르다. 하지만 자손이 되어서 큰일을 모르는 것은 도리에 어긋나는 일이다. 후왕이 어려서 이 일을 알고자 하셨으나 차마 선왕이 자세히 알려 주지 않으셨다. 어느 누가 감히 이 말을 하며 또 누가 능히 이 사실을 자세히 알리오.

 내가 없으면 궁중에서는 아는 사람이 없어 모를 것이니 자손이 되어 조상의 큰일을 알리기 위하여 전후사를 기록하여 주상에게 보인 후에 없애고자 하나 내가 붓을 잡아 차마 쓰지 못하고 날마다 미루어 왔다.

내 첩첩한 공사(公私)에 참혹한 재앙이 있은 후 목숨이 실낱 같아서 거의 끊어지게 되었지만 이 일을 주상이 모

르게 하고 죽는 것이 실로 도리가 아니므로 죽기를 참고 피눈물을 흘리며 이렇게 기록한다. 그러나 차마 쓰지 못할 대목은 뺀 것이 많고 지루한 부분은 다 담지 못하였다.

나는 영묘의 며느리로 평소에는 지극한 사랑을 받았으며 임오화변 때에는 다시 살아 경모궁의 처자로 남편을 위한 정성이 또한 하늘을 깨우칠 것이니 두 부자 사이에 조금이라도 말이 과하면 천벌을 면하지 못할 것이다.

바깥 사람들이 모년일(임오화변)로 이러니저러니 말하는 것은 모두 허무맹랑하고 근거 없는 말이다. 이 기록을 보면 사건의 시작과 끝을 소상히 알 것이다. 영묘께서 처음에는 경모궁에게 사랑을 많이 주셨으나 나중에는 그러지 아니하셨다. 경모궁은 타고난 천성이 어질고 관대하시나 병환이 깊어 종사(宗社)가 위태로우시고, 선왕과 나도 경모궁 처자로 지극히 슬픈 일을 겪고서도 죽지 못하고 목숨을 보전하였다. 또한 슬픔은 나의 지극한 슬픔이요, 의리는 나의 의리로 오늘날까지 왔으니 이 사실을 주상에게 알리고자 한 것이다.

더구나 부자 성품이 다르셔서 영조께서는 지혜롭고 자애로우며 효성이 지극하시고 또한 자세하고 민첩하신 성품이시고, 경모궁께서는 말없이 침착하셔도 행동이 빠르지 못하시니 덕은 거룩하시나 모든 일에서 부왕의 성품과는 다르셨다. 평상시에 물으시는 말씀이라도 곧 응대하지 못하셔 머뭇머뭇 대답하시고 무엇을 물으실 때는 당신 소견이 없는 것이 아니라, 이러면 어떨까 저러면 어떨까 궁리하다가 대답하지 못하여 영조께서 늘 갑갑히 여기셨는데 이런 일도 또한 큰 화변의 원인이 되었다.

아이 가르치는 것이 비록 높은 집안에서 태어났다 하더라도 부모를 모시고 가르침을 받아야 할  때에 그렇지 못하고 포대기 시절부터 부모를 떠나 나인들이 스스로 할 일까지 전부 시중들어 심지어 옷고름, 대님 매는 것까지 다 해 드리니 매사를 남에게 맡기고 너무 편하시기만 하였다.

강연에서 학문을 갈고닦으실 때 글 외는 소리도 엄숙

하면서 맑고 크고 글의 뜻도 그릇됨이 없으니, 뵈옵는 이
가 거룩하다 하여 영민함이 많이 나타나셨다. 그러나 갑
갑하고 애달픈 것은 부왕을 모시고는 어려워서 응대를
민첩하게 못하시는 일이었다.

영조께서 갑갑해 하시다가 결국 격분도 하시고 조심
도 하시나 이럴수록 곁에 두어 가르치셔야 정이 쌓이는
것은 생각지 않으시고, 항상 멀리 두고서 스스로 잘되어
성의(聖義)에 차기를 기다리시니 어찌 탈이 생기지 않으
리오. 그리하여 점점 서먹서먹하게 지내시다가 서로 보
실 때에는 부왕의 꾸지람이 자애에 앞서시고, 아드님께
서는 한 번 뵈옵는 것도 조심스럽고 두려워 무슨 큰일이
나 나는 것 같아서 부자간의 사이가 막히게 되니 어찌 슬
프지 않으리오.

가까이 두실 때는 책문(責問, 꾸짖거나 나무라며 물음)
도 힘쓰시고 부자 사이도 친밀하시고 유희도 안 하시더
니 멀리 계신 후로는 유희도 도로 하시고 학문에도 전념
치 못하셨다. 부자간의 사이도 더 서먹서먹해졌으며, 만
일 부모님 손 밖에서 지내시지만 않았다면 어찌 이 지경

에 이르렀으리오.

이 한 가지 일로도 더 할 수 없이 서러운데 어찌하신 일인지 아드님을 조용히 앉히시고 진정으로 교훈하시는 일이 없으셨는가? 모두 남에게만 맡기고 아는 체하지 않으시다가 항상 남들이 모인 때면 흉보듯이 말씀하시니 얼마나 답답하리오.

한번은 인원 왕후도 내려오시고 여러 옹주와 월성, 금성 두 부마도 들어왔는데 영조께서 나인에게 명하였다.

"세자 가지고 노는 것을 가져오라."

또한 여러 신하가 많이 모인 때에 굳이 부르셔서 글 뜻을 물으시되 자세히 대답하지 못할 대목을 짚어서 물으시곤 하셨다. 본디 부왕 앞에서는 분명히 아시는 것도 쭈뼛쭈뼛하시는데 여러 사람 앞에서 어려운 것을 물으시니 경모궁께서는 더욱 두렵고 겁나 하셨다. 그러다 못하면 좌중에서 꾸중하시고 흉도 보셨다.

경모궁께서는 그런 일이 한두 번이면 원망하시지 않을 것이나 당신을 진정 교훈하시지 않는 것을 섭섭하고 분하게 여겨 결국에는 천성을 잃을 정도가 되게 하시니 이런 원통한 일이 어디 있으리오.

본디 경모궁께서는 타고난 품성이 온화하시고 도량이 넓으시며 신의가 두터워서 아랫사람에게도 믿음직하게 말씀하셨다. 부왕을 무서워하시나 잘못한 일이라도 사실대로 정직하게 아뢰고, 털끝만큼도 속이는 일이 없으므로 영조께서도 그것은 알고 계셨다.

기사년 경모궁이 15세 되시자 관례(冠禮, 예전에 남자가 성년에 이르면 어른이 된다는 의미로 상투를 틀고 갓을 쓰게 하던 예식)하시고 합례(合禮, 신랑, 신부가 첫날밤을 치름. 또는 그런 절차)를 정하니 그저 조용히 기뻐하시면 좋으실 텐데, 어찌 된 일이신지 갑자기 정사를 보라 영을 내리시니 만사가 정사 대리 후에 탈이니 어찌 서럽지 않으리오.

영조께서는 공사 가운데 금부, 형조, 살육 등의 일은 친히 보시지 않고 동궁께 맡기셨다. 대리를 맡으신 후의 공사는 한 달에 여섯 번 있는 차대(次對, 내각회의)를 보름 전 세 번은 임금께서 하시는데 동궁이 시좌(侍坐, 임금이 정전-正殿, 조회하던 궁전-에 나갔을 때에 세자가 옆에서 모시고 앉던 일)하시고 보름 후 세 번은 세자께서 혼자 하셨다. 그럴 때마다 순탄치 못하고 매사에 탈이 많았다.

조신(朝臣, 조정에서 벼슬살이를 하는 신하)의 상소라도 말썽이 있거나 편론(偏論, 남이나 다른 당을 논하여 비난함)하는 상소는 세자께서 혼자 결단치 못하여 임금께 물으면, 그 상서는 아랫사람의 일이므로 세자는 아실 바 아니로되 하며 격노하셨다. 그것은 세자께서 신하를 잘 다스리지 못한 탓으로 그런 상서가 나왔다며 나무라셨다.

그리고 그런 상소에 대한 비답(批答, 임금이 상주문의 말미에 적는 가부의 대답)도

"그만한 일도 결단치 못하고 나를 번거롭게 하니 대리시킨 보람이 없다."

하시며 꾸중하셨다. 그러나 아뢰지 않으면

"그런 일을 알리지 않고 왜 네 멋대로 결정하느냐?"

하고 꾸중하셨다.

이처럼 저리 할 일은 이리 하지 않는다 꾸중하시고 이리 할 일은 저리 하지 않았다 꾸중하셔서 이 일 저 일 다 격노하여 마땅치 않게 여기셨다. 심지어는 백성이 추운데 입지 못하고 굶주리거나 날이 가물거나 천재지변이 있어도

"세자에게 덕이 없어서 이렇다."

하고 꾸중을 하셨다.

그러므로 세자께서는 날이 흐리거나 천둥이 치기만 해도 또 무슨 꾸중을 하실까 근심 걱정하여 일마다 두렵고 겁을 내게 되었다. 이일로 세자께서는 병환을 앓으셨다.

그러나 영조께서는 동궁께 이런 병환이 생기는 줄을 깨닫지 못하시니 어찌 슬프지 않으리오. 한 번 꾸중에 놀라시고 두 번 격노에 겁내시면 아무리 위엄 있는 기품이라 한들 한 가지 일이라도 자유롭게 하실 수 있으리오.

경모궁이 열다섯 살이 되시도록 능행(陵幸, 임금이 능에 행차함)을 한 번도 못하시고 성장하셨는데, 항상 교외

구경을 하고 싶으셔도 매양 거절하고 못 가게 하시니 처음에는 서운하신 것이 점점 화가 되어 우실 때도 있었다. 당신이 속으로 본디 부모님께 정성은 갸륵하시지만 민첩하지 못하신 행동이 정성의 백분의 일도 드러내지 못하니, 부왕은 그 사정을 모르셨다. 그러기에 미안하신 생각은 늘 있어도 한 번도 부왕에게 따뜻한 말 한마디 듣지 못하니 점점 두려운 것이 마침내 병환이 되어 화가 나면 푸실 데가 없었다. 그래서 그 화를 내관과 나인에게 푸시고 심지어 내게까지 푸시는 일이 몇 번이나 되는지 알 수 없다.

영조께서 창의궁에 오래 머무시고 환궁치 않으실 때 경모궁께서는 시민당 손지각(遜志閣) 뜰의 얼음 위에 짚자리를 깔고 엎드려서 대죄하시다가 창의궁으로 가셔서 또 짚자리를 깔고 엎드려서 대죄하시고, 머리를 돌에 부딪쳐서 망건이 다 찢어지고 이마가 상하여 피가 났다. 이런 일은 타고난 효성이 극진하고 본성이 어지신 때문이요, 억지로 꾸민 일이 아님을 잘 알 수 있다. 그리 하실 즈음에 또 꾸중이 어떠하였겠는가마는 공손히 도리를 다

하시니 오히려 무슨 일을 당하여
도 잘 처리하시어 신망을 많이 얻
으셨다.

경모궁께서 항상 경문, 잡설 등을 많이 보시더니

"옥추경(玉樞經, 도가–道家– 경문–經文–의 하나)을
읽고 공부하면 귀신을 부린다 하니 읽어 보자."

하시고 밤이면 읽고 공부하셨다. 그러더니 과연 깊은
밤에 정신이 아득하셔서

"뇌성 보화 천존(석가모니)이 보인다."

하시고 무서워하시며 병환이 깊어지시니 원통하고 슬
프다.

십여 세부터 병환이 생겨서 음식 드시는 것과 몸을 움
직이는 것까지 다 예사롭지 않으시더니, 〈옥추경〉을 보
신 이후 기질이 변한 듯 무서워하시고 '옥추' 두 글자를
거들떠보지도 못하셨다.

단오 때는 옥추단(玉樞丹, 단옷날 임금이 신하에게 나
누어 주던 구급약. 음식물을 잘못 먹어서 갑자기 게우고
설사를 하거나, 더위로 체했을 때 씀)도 무서워서 차지

못하셨다.

또한 하늘을 매우 무서워하시고 우레 뢰, 벽력 벽, 그런 글자를 보지 못하시고 그전에는 천둥을 싫어하셔서도 그리 심하지 않으시더니 〈옥추경〉을 본 이후로는 천둥이 칠 때면 귀를 막고 엎드렸다 그친 후에야 일어나셨다. 이 일을 부왕과 모친께서 아실까 질겁하는 것은 이루 말하지 못할 일이었다.

을해년 2월에 역모가 일어나서 5월까지 영조께서 친히 심판하시니 그때 역적을 법으로 다스리기 위하여 모든 대신들이 늘어설 때면 동궁을 불러들여 보게 하셨다. 날마다 심판하시다가 들어오시면 인정(人定, 조선 시대에 밤에 통행을 금지하기 위하여 종을 치던 일) 후나 이경이 되고 삼, 사경이 될 때도 있었으나 하루도 거르지 않으시고

"동궁 불러라."

하시어 가시면

"밥 먹었느냐?"

하고 물으신 후에 대답하시면 즉시 그날 친국(親鞫, 임

금이 중죄인을 몸소 신문하던 일)하신 일을 물으셨다.

실은 좋은 일에는 참여치 못하게 하시고 상서롭지 못한 일에는 참석하게 하시고, 날마다 다른 말씀은 한마디 하시는 일 없이 마치 대답을 시켜서 듣고 귀를 씻고 가시려는 듯 하루도 거르지 않고 밤중에 그러시니 아무리 효심이 지극하더라도, 병 없는 사람이라도 어찌 싫지 아니하리오.

그 병환의 증세를 생각하면 짜증이 나셔서

"왜 부르십니까?"

하실 듯도 하나 그것을 능히 참으시고 날마다 밤중이라도 부르시면 어기지 않으시고 대령하셨다.

그 병환이 이상스러운 것은 처자가 애쓰고 내관이나 나인들이 밤낮으로 살피나 자모도 자세히 모르시는데 부왕께서 어찌 자세히 아실 수 있으리오. 위를 찾아뵈올 때와 신하를 대하실 때는 평소와 다름없이 예사로우시니 그것이 더욱 답답하고 서러운 일이었다.

병자년(영조 32년) 설날에 영묘에서 존호를 받으셨으나 경모궁은 참여시키지도 않으셨다. 병환은 점점 깊어

서 강연도 더듬으시고 취선당 바깥 소주방이 깊고 고요
하다 하여 자주 머무셨는데 5월에 영조께서 홀연 낙선당
을 보러 나오셨다. 그때 동궁이 빗질도 잘 못하시고 의
대 모양이 모두 단정치 않으셨다. 마침 금주가 엄한 때
라 영조께서는 술을 드셨나 의심하고 크게 노하셔서

"술 드린 이를 찾아내라."

하시고 경모궁께 누가 술을 드렸느냐고 엄
중히 물으셨다. 그러나 사실 술 드신 일이 없
었으니 얼마나 억울한 일이리오.

영조께서는 무슨 일이든지 억측으로 생각하시어 엄히
꾸짖으시는 일이 많았다. 그날 경모궁을 뜰에 세우시고
술 마신 일을 엄히 물으셨는데 실지로 마신 일은 없지만
너무 두려워서 감히 변명을 못하는 성품이시라 하도 다
그치시니 하는 수 없이

"마셨나이다."

하셨다.

"누가 주더냐?"

다시 물으시니 댈 데가 없어서

"밖의 소주방 큰 나인 희정이가 주었나이다."

하셨다.

영조께서

"지금이 금주하는 때인 것을 몰랐더냐?"

하고 엄하게 꾸짖으셨다. 이때 보모 최 상궁이

"술 드셨다는 말은 억울하니 술내가 나는지 맡아 보소서."

하고 아뢰었다. 그 뜻은 술이 들어온 일이 없고 드신 바 없으니 원통하여 참을 수 없어서 아뢰었던 것이다. 그러나 경모궁께서는 최 상궁을 꾸짖으셨다.

"먹고 아니 먹고 간에 내가 먹었다고 아뢰었으니 자네가 감히 말할 것이 있는가. 물러가오."

보통 때는 부왕 앞에서 주저하여 말씀을 못하시더니 그날은 억울하게 꾸중을 들었기 때문에 그렇게 말씀을 잘하셨던가. 그때 두려워서 벌벌 떠시던 중에도 그렇게 말씀하시는 일이 다행이다 싶더니 영조께서 또 크게 꾸짖으셨다.

"어른 앞에서는 개도 꾸짖지 아니하거늘 어찌 내 앞에

서 상궁을 꾸짖는가?"

"감히 와서 변명을 하여 그리하였습니다."

얼굴을 낮추어서 아랫사람의 도리로 잘하신 일이었다. 그러나 금주령 아래서 동궁에게 술을 드렸다고 희정이를 멀리 귀양 보내시고 대신 이하 인견(引見, 윗사람이 아랫사람을 불러서 만나 봄)하라 하셨다. 춘방관을 먼저 들어가 면담하라 하시니, 경모궁께서는 그날 억울하고 슬퍼서 화증을 참지 못하고 춘방관이 들어오자 처음으로 호령하셨다.

"네 놈들이 부자간에 사이좋게는 못할지언정 내가 이렇게 억울한 말을 들어도 어느 누구 하나 말을 제대로 아뢰지 못하고 이제 와서 감히 들어오려 하느냐? 다 나가라."

춘방관 하나는 누구였는지 모르나 하나는 원인손이었다. 그가 무어라 아뢰고 썩 나가지 않으니 경모궁께서 화를 내시고 어서 나가라고 쫓아내실 즈음에 촛대가 거꾸러져서 낙선당 온돌 남창에 닿아 불이 붙었다. 불길을 잡을 사람은 없고 불기운이 순식간에 낙선당으로 번지자 영조께서는 아드님이 홧김에 불을 지른 것이 아닌가 하고 노염이 열 배나 더 하셔서 함인정에 모든 신하를 불러 모으시고 경모궁을 부르셔서

"네가 불한당이냐? 불을 왜 지르느냐?"

하고 호령하셨다. 설움이 복받쳤지만 그 불이 촛대가 굴러서 난 불이라는 말씀을 여쭙지 않으시고 스스로 방화한 듯이 하시니 절절이 슬프고 갑갑하였다.

경모궁께서는 그날 그 일이 있은 후 가슴이 막히셔서 청심환을 잡수시고 울화를 내리시더니

"아무래도 못살겠다."

하고 저승전 앞뜰의 우물로 가서 떨어지려 하시니 그 놀라움과 끔찍한 상황을 어찌 말할 수 있으리오. 가까스로 구하여 덕성합으로 나오시게 하였다.

부자 사이가 좋지 않은 곡절이 또 있었다. 그것은 다름이 아니라 신미 동짓달에 현빈궁이 돌아가셨는데 영조께서 효부를 잃으시고 애통하시어 장례에 친히 임하셔서 정성스럽게 돌보셨다. 그러던 중 그곳에 문녀라는 시녀

나인이 있었는데 상사 후 가까이 하셔서 잉태하였다.

그 오라비가 문성국이란 놈인데 그를 별감으로 봉하고 문녀도 총애하여 계유 삼월에 옹주를 낳았다. 문성국이 무슨 마음으로 동궁께 흉한 뜻을 품었는지 간사하고 흉악한 놈이 아닐 수 없었다. 그놈이 부자 사이가 좋지 못하신 것을 알고 그 틈을 타서 부왕의 비유를 맞추어 동궁이 하시는 일을 전부 염탐해 고자질하였다.

동궁 하시는 일을 누가 사이에서 말할 이 있을까마는 성국은 세력을 믿고 무서운 것이 없어서 동궁 액속(掖屬, 액정서에 속하여 궁중의 궂은일을 맡아 하던 사람을 통틀어 이르던 말)들이 모두 제 동료이므로 동궁의 사소한 일까지 듣는 족족 영조께 여쭙고, 문녀는 안으로 모든 소문을 다 여쭈니, 평소 모르실 때도 의심하던 터에 날로 동궁의 험담만 들으시니 임금의 마음이 갈수록 갑갑하게 되실 수밖에 없었다. 국운이 불행하여 요녀와 간사하고 악한 적이 일어난 일이 슬프다.

동궁께서 병자년에 마마병으로 모친을 그리워하니 슬프시기도 하고 마음을 많이 쓰시니 병환은 점점 깊어가고, 성국은 듣는 일마다 아뢰어 두 분 사이가 더욱 나빠졌다. 그때 마침 가뭄이 들고 노염이 더욱 심해져서 애먼 명(命)이 많으시니 그 밤에 동궁이 덕성합 뜰에서 휘녕전을 바라보고 슬피 울면서 죽고자 하시던 일을 어찌다 적으리오.

그해 유월부터 화증이 더하셔서 사람을 죽이기 시작하셨는데 그때 당번 내관 김환채라는 이를 먼저 죽여서 그 머리를 들고 들어오셔서 나인들에게 보이셨다. 나는 그때 사람의 머리 벤 것을 처음 보았는데 그 흉하고 놀랍기를 어찌 입으로 말할 수 있으리오.

사람을 죽여야 마음이 조금 풀리시는지, 당시 나인 여럿이 상하니 그 갑갑하기 측량 없어 마지못하여 선희궁께

"병환이 점점 더하여 이러하시니 어찌할꼬?"

하고 여쭈니 놀라서 음식도 먹지 않고 자리에 누워 근심하셨다. 또한 망극하여 그저 죽어서 모르고 싶은 마음이었다.

정축년 동짓달 변 후에 관희합에서 머무르시더니 무

인 34년 2월에 부왕께서 또 무슨 일로 불평하시고 동궁 계신 데로 찾아가시니 하고 계신 것이 어찌 눈에 거슬리지 않으시리오. 숭문당으로 오셔서 동궁을 부르시니 동짓달 후 처음 만나시는 것이었다. 부왕께서는 여러 가지 꾸중을 많이 하시며 하신 일을 바로 아뢰라고 추궁하셨다. 경모궁께서는 어른들이 아시면 큰일이 날 줄 아시면서도 어전에서는 당신 하신 일을 바로 아뢰었다. 이는 천성이 숨김이 없어서 그러하신지 이상하였다. 그날도 부왕의 말씀에 대답하시기를

"심하게 화가 나면 견디지 못하여 사람을 죽이거나 닭 짐승을 죽이거나 하여야 마음이 풀립니다."

하였다.

"어찌하여 그러하냐?"

"마음이 상하여 그러합니다."

"어찌하여 마음이 상하느냐?"

"사랑하지 않으셔서 슬프고, 꾸중하시니 무서워서 화가 되어 그러하오이다."

대답하고는 사람 죽인 수를 하나도 감추지 않고 세세

히 다 고하였다. 영조께서도 그때 천륜의 정이 통하셨는
지 측은해하며

"내 이제는 그리하지 않으마."

하셨다.

경춘전으로 오셔서 나에게
말씀하시기를

"세자가 이러이러하니 어쩌면 좋으냐?"

하시니 부자간에 그런 말씀이 처음이었다. 하도 뜻밖
의 말씀이라 내가 갑자기 듣고 놀라 기뻐하며 눈물을 흘
리며 아뢰었다.

"그러하옵니다. 어찌 그뿐이오리까? 어려서부터 사랑
을 받지 못하여 한 번 놀라고 두 번 놀라서 마음의 병이
되어 그러하옵니다."

"마음이 상하였다는구나."

"상하기를 말로 어찌 다 이르오리까? 은혜를 드리시
면 그렇지 않으오리다."

이렇게 여쭈며 서러워서 우니 안색과 말씀이 부드러
워지셨다.

"그러면 내가 그리한다 하고, 잠은 어찌 자고 밥은 어찌 먹는지 내가 묻는다고 하여라."

하셨는데 그날이 무인(영조 34년)년 2월 27일이었다.

내가 임금께서 관희합에 가시는 것을 보고 또 무슨 변이 날까 혼비백산하다가 의외의 하교를 받잡고 하도 감격하여 울고 웃으며,

"그리하여 그 마음을 잡게 하시면 오죽 좋겠습니까?"

하고 절하고 손을 비비며 바라니 내 거동이 가엾으시던지 온화하게,

"그리 하여라."

하고 가셨다. 이것이 어찌 되신 하교이신지 희한한 꿈 같았다.

때마침 경모궁께서 나를 오라하여 가 뵙고

"왜 묻지도 않으신 사람 죽인 말씀을 하셨습니까? 스스로 그런 말씀을 하시고 나중에는 남의 탈을 삼으시니 어찌 답답지 않습니까?"

"알고 물으시니 다 말씀 드릴 수밖에."

"무엇이라 하시더이까?"

"그리 말라 하시더군."

"이후부터는 부자 사이가 다행히 좋아지시겠습니다."

하였더니 화를 덜컥 내시면서

"자네는 사랑하는 며느리라 그 말씀을 다 곧이듣는가? 부러 그러하시는 말씀이니 믿을 수 없소. 결국은 내가 죽고 마느니."

그러할 때는 병환이 있으신 이 같지 않았다. 부왕께서 천륜으로 말씀하셨으니 믿지 못하오나, 한때 그 말씀이라도 감축(感祝, 경사스러운 일을 함께 감사하고 축하함)하여 울었고, 경모궁께서 병환 중임에도 하시는 밝은 소견을 들으니 어찌 흐뭇하지 않으리오.

하늘이 부자 사이를 그토록 만드시어 아버님께서는 그러지 말고자 하시다가도 누가 시키는 듯이 도로 미움이 생기시고, 아드님은 속이는 일이 없이 당신 과실을 고하시니 이는 천성이 착해서 그러한 것입니다. 좀 예사로우시면 어찌 이같이 하시리오. 하늘의 뜻이 어찌하여 이토록 만고에 없는 슬픔을 끼치셨는지 애통할 뿐이다.

그 당시 세자께서는 의대병이 극심하시니 그 무슨 일인고. 의대병환은 더욱 형편없고 이상한 괴질이었다. 옷을 한 가지라도 입으려 하시면 열 벌이든 이삼십 벌이든 펼쳐 놓게 하시고 귀신인지 무엇인지를 위하여 불사르기도 하고, 한 번도 순순히 갈아입지 않으셨다. 시중드는 이가 조금만 잘못하면 옷을 입지 못하여 당신이 애쓰시고, 사람이 다 상하니 이 어찌 망극한 병이 아닐까? 어떤 때는 옷을 하도 많이 못 쓰게 만드니 무명인들 동궁 세간에 무엇이 그리 많으리오. 미처 짓지도 못하고 옷감도 얻지 못하면 사람 죽기가 순식간의 일이니, 아무쪼록 옷을 해 대려 해도 마음이 쓰였다.

부친이 이 말을 들으시고는 근심하는 탄식 소리가 끝없으시고, 내가 애쓰는 것과 사람 상하는 일을 민망히 여기시어 옷을 이어 주셨다. 세자께서는 그 병환이 육칠 년에 걸쳐 매우 심한 때도 있고 좀 진정되는 때도 있었다. 옷을 입지 못하여 애를 쓰시다가 어찌하여 조금 증세가 나아서 천행으로 한 벌 입으시면 당신도 다행스럽게 여

기고 더러울 때까지 입으셨으니, 그 무슨 병인고. 천만 가지 병 가운데 옷 입기 어려운 병은 자고로 없었는데 어찌 더없이 귀하신 동궁이 이런 병에 걸리셨는지 하늘을 불러도 알 길이 없었다.

정성 왕후와 인원 왕후 두 분의 소상(小祥, 사람이 죽은 지 일 년 만에 지내는 제사)을 차례로 무사히 지내고 두어 달은 아무 탈 없이 지나갔다. 국상(왕실의 초상) 후에 동궁께서 홍릉에 참배치 못하였으므로 마지못하여 따라가게 하셨다. 그해 장마가 지지부진하다기 움직이는 날 큰비가 쏟아지니 부왕께서 날씨가 이런 것은 아드님을 데려온 탓이라 하시고 능에 미처 다 가지 못하여

"도로 들어가라."

하고 동궁을 돌려보내고 부왕만 가셨다.

동궁께서는 능에 가려 하시다가 뜻을 이루지 못하셨으니 어찌 섭섭지 않으리오. 나는 잘 다녀오시기를 빌다가 이 기별을 듣고 망연 실색하고 들어오시면 또 얼마나 짜증을 내실까 하고 쩔쩔매고 있었다. 동궁께서 큰비를

맞고 도로 들어오시니 그 마음이 어떠하시리오. 가슴이 막히시어 바로 오실 수 없어 경영고(京營庫, 서울에 있는 군영)에 들러 마음을 진정하고 들어오셨다니 얼마나 고통스럽고 걱정스러웠을까? 그런 동궁을 생각하니 그 일은 꼭 병 때문만은 아니시더라도 서럽지 않으실 리 없었을 것이다. 선희궁과 나는 서로 마주 잡고 울 뿐이었다. 세자께서도 비관하신 어조로

"점점 살길이 없다."

하셨다. 그 후로 옷을 잘못 입고 가서 그런 일이 났는가 하는 걱정으로 의대증세가 더하시니 안타까웠다.

신사년이 되어 동궁의 병환이 더욱 심해지셨다. 영조께서 거처를 옮기신 후에는 후원에 나가서 말 타기와 군기붙이로 소일할까 하시다가 7월이 지나자 후원에도 늘 가시더니, 그것도 심심한지 뜻밖에 미행을 시작하셨다. 처음 있는 일이니 어찌 그 근심을 다 형용하리오.

또한 병환이 나시면 반드시 사람을 상하게 하셨다. 옷 시중은 현주의 어미가 들었는데 신사년 정월에 미행하려고 옷을 갈아입으시다가 의대증이 발작하여 당신이 총

애하던 것도 잊으시고 그를 쳐 죽이고 나오셨다. 순식간에 대궐에서 이런 탈이 났으니 제 인생이 가련할 뿐 아니라, 어린 자녀들의 모습이 더 참혹하였다. 정월, 이월, 삼월을 미행으로 보내어 궁 밖 출입이 잦으시니 그때 내 마음이 얼마나 무섭고 조심스러웠으리오.

경진년 이후 내관 나인이 동궁에게 상하는 일이 많았다. 다 기억하지 못하지만 뚜렷이 생각나는 것은 서경달인데, 내수사 일을 더디 거행하였다 하여 죽이고 출입하던 내관도 여럿을 상하게 하고, 선희궁 나인 하나도 죽여서 점점 어려운 지경에 이르렀다. 장님들을 불러 점을 치다가 그들이 말을 잘못해도 죽이고, 의관이며 역관이며 액속 가운데 죽은 이도 있어서 하루에도 대궐에서 사람 죽는 일을 여럿 치르니 내외 인심이 흉흉하며 언제 죽을지 몰라서 벌벌 떨었다. 당신의 천생은 진실로 거룩하시건만 그 착하신 본성을 잃으시니 이를 어찌 차마 더 말하리오.

경진년 5월 선희궁이 세손 가례 후 처음으로 세손빈도 보실 겸 아래 대궐에 내려오셨다. 동궁께서 반갑게 맞이

하시는 것이 지나치다 싶었는데 마지막 영
결(永訣, 죽은 사람과 산 사람이 서로 영원
히 헤어짐)이라 그리하셨는지 모른다.

잔칫상이 훌륭하여 과실을 높게 고이고
인삼과도 만들어 놓고, 장수를 축하하는 시
를 짓고 잔을 올리시고 남은 것 없이 받으
셨다. 그리고 후원에 모셔 갈 때 가마를 큰 잔치 때처럼
권하자, 선희궁께서는 억지로 태우시고 앞에 큰 기를 세
우고 풍악을 불러 모으셨다. 그 모양이 당신으로서는 극
진히 효행하시는 일이라 생각했지만 선희궁께서는 동궁
의 그러시는 것이 병환 때문인 것으로 생각하고 놀라시
며 거절하셨다.

선희궁께서는 나를 대하시면 눈물을 흘리고 두려워하
시며

"어찌 할꼬?"

하는 탄식만 하셨다. 여러 날 머무르시다 올라가시니
어머님도 우시고 아드님도 매우 슬퍼하셨다.

갈수록 동궁의 하시는 일은 극도로 어지러워지셨다.

전후 일이 모두 본심으로 하신 일이 아니건만, 화에 들떠서 하시는 말씀이 칼을 들고 가서 죽이고 싶다 하시니, 조금이라도 제정신이 있으셨다면 어찌 이리 하시리오. 당신의 팔자가 기구하여 천명을 다 못하시고 만고에 없는 참혹한 일을 당하려는 팔자니, 하늘이 아무쪼록 그 흉악한 병을 지어 몸을 그토록 만들려 하신 것이다. 하늘아 하늘아, 어찌 이리 만드는가.

선희궁께서 병으로 그러하신 아드님을 아무리 책망하여도 별도리가 없으니, 어머니 되신 마음으로 다른 아들도 없이 이 아드님께만 몸을 의탁하고 계시니 차마 어찌 이 일을 하고자 하시리오. 처음에는 사랑을 받지 못하여 이같이 되신 것이 당신의 한이 되었으나 이미 동궁의 병세가 극심하고 보모를 알아보지 못할 지경이니 증세가 위급하여 물불을 모르고 생각지 못할 일을 저지르면 사백 년의 종사를 어찌 하리오. 이미 병이 손쓸 수 없으니 차라리 몸이 없는 것이 옳고, 삼종(효종, 현종, 숙종) 혈맥이 세손께 있으니 천만 번 사랑하여도 나라를 보존할 길이 이 방법밖에 없다 하시고 십삼일 내게 편지를 보내셨다.

"어젯밤 소문이 더욱 무서우니 일이
이리 된 후에는 내가 죽어 모르거나, 살
면 세손을 구해서 종사를 붙드는 것이
옳으니, 내가 살아서 빈궁을 다시 볼 것
같지 않소."

내가 그 편지를 붙잡고 울었으나 그날 큰 변이 일어날
줄 어찌 알았으리오. 그날 아침에 상감께서 경현당 관광
청에 계셨는데 선희궁께서 가서 울면서 아뢰었다.

"큰 병이 점점 깊어서 바랄 것이 없사오니 소인이 모
자의 정리에 차마 이 말씀은 못하올 일이오나, 옥체를 보
전하옵고 세손을 구하셔서 종사를 평안히 하옵소서."

또 이어서 말씀하셨다.

"부자의 정으로 차마 이리하시나 병을 어찌 책망하오
리까? 처분은 하시되 은혜를 내리셔서 세손 모자를 평안
케 하오소서."

내 차마 그 아내로 이것을 옳게 하신 일이라고는 할 수
없으나 어찌할 수 없었다. 내가 따라 죽어서 모르는 것

이 옳지만 세손을 위해 차마 결단치 못하고 다만 망극한 운명을 서러워할 뿐이었다.

상감께서 들으시고는 조금도 지체하시지 않고 창덕궁 거동령을 급히 내리셨다. 선희궁께서 사사로운 정을 끊고 대의로 말씀을 아뢰시고 가슴을 치고 기절할 듯이 당신 계신 양덕당으로 가서 음식을 끊고 누워 계시니 만고에 이런 일이 어디 있으리오.

그날이 임오년(영조 38년) 윤오월 열이틀이었다. 그날 아침 들보에서 부러지는 듯이 엄청난 소리가 나자 동궁이 들으시고

"내가 죽으려나 보다. 이게 웬일인고!"

하고 놀라셨다.

동궁께서는 부왕의 거동령을 듣고 두려워서 아무 소리 없이 기계(器械, 군기붙이)와 말을 다 감추어 흔적을 없애라 하시고 교자(轎子)를 타고 경춘전 뒤로 가시며 나를 오라고 하셨다. 근래에 동궁의 눈에 사람이 보이면 곧 일이 나기 때문에 가마뚜껑을 덮고 사면에 휘장을 치고 다니셨는데 그날 나를 덕성합으로 오라 하셨다.

그때가 정오쯤 되었는데 홀연히 무수한 까치 떼가 경춘전을 에워싸고 울었다. 이것이 무슨 징조일까 괴이하였다. 세손이 환경전에 계셨으므로 내 마음이 황망한 중에 세손의 몸이 어찌 될지 걱정스러워서 그리 내려가서 세손에게

"무슨 일이 있어도 놀라지 말고 마음을 단단히 먹으라."

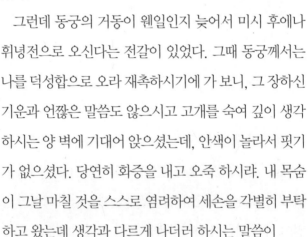

천만 번 당부하고 어찌할 바를 몰랐다.

그런데 동궁의 거동이 웬일인지 늦어서 미시 후에나 휘녕전으로 오신다는 전갈이 있었다. 그때 동궁께서는 나를 덕성합으로 오라 재촉하시기에 가 보니, 그 장하신 기운과 언짢은 말씀도 않으시고 고개를 숙여 깊이 생각하시는 양 벽에 기대어 앉으셨는데, 안색이 놀라서 핏기가 없으셨다. 당연히 화증을 내고 오죽 하시랴. 내 목숨이 그날 마칠 것을 스스로 염려하여 세손을 각별히 부탁하고 왔는데 생각과 다르게 나더러 하시는 말씀이

"아무래도 이상하니 자네는 잘살게 하겠네. 그 뜻들이

무서워."

하시기에 내가 눈물을 흘리며 말없이 허황해서 손을 비비고 앉아 있었다.

이때 상감께서 휘녕전으로 오셔서 동궁을 부르신다는 전갈이 왔다. 그런데 이상하게도 피하자는 말도, 달아나자는 말씀도 않고 좌우를 치지도 않으시고 조금도 화증나신 기색도 없이 빨리 용포를 달라 하여 입으시더니

"내가 학질을 앓는다 하려고 하니 세손의 휘항(남바위와 같은 방한모)을 가져오너라."

하셨다.

내가 그 휘항은 작으니 당신 휘항을 쓰시라고 하였더니 뜻밖에도 하시는 말씀이

"자네는 참 무섭고 흉한 사람일세. 오늘 내가 나가서 죽을 것 같으니 그것을 꺼려서 세손 휘항을 안 주려는 심술을 알겠네."

하시는 것이 아닌가.

내 마음은 당신이 그날 그 지경에 이르실 줄은 모르고, 이 일이 어찌 될까 사람이 설마 죽을 일일까? 또 우리 모

자는 어찌 되랴 하였는데, 뜻밖의 말씀을 하시니 내가 더욱 서러워서 세자의 휘항을 갖다 드렸다.

"그 말씀은 마음에 없는 말씀이니 이 휘항을 쓰소서."

"싫다. 꺼려 하는 것을 써 무엇 할꼬?"

하시니 이런 말씀이 어찌 병드신 이 같으며, 왜 공손히 나가려 하시던가. 모두 하늘이 시키는 일이니 슬프고 원통하다. 날이 늦고 재촉이 심하여 나가시니 상감께서 휘녕전에 앉으시어 칼을 안으시고 두드리시며 처분을 하시었다. 차마 망극하여 내가 어찌 그것을 기록하리오. 서럽고 서럽도다.

동궁이 나가시자 상감의 노하신 음성이 들려왔다. 휘녕전과 덕성합이 멀지 않아서 담 밑으로 사람을 보내어 보니 벌써 용포를 덮고 엎드려 계시더라 하였다. 천지가 망극하여 창자가 끊어지는 듯하였다. 내가 거기 있는 것이 두려워서 세손 계신 곳으로 와서 서로 붙잡고 어찌할 바를 모르고 있는데, 신시(申時, 오후 4시 전후)쯤 내관이 들어와서 바깥 소주방에 있는 쌀 담는 궤를 내라 하였다 전한다.

이것이 어찌 된 말인지 당황하여 내지 못하고, 세손이 망극한 일이 있는 줄 알고 뜰 앞에 들어가서

"아비를 살려 주옵소서."

하니 상감께서

"나가라!"

하고 엄하게 호령하셨다. 세손은 할 수 없이 나와서 왕자 재실에 앉아 있었는데  그때의 정경은 어느 하늘 아래에도 없는 일이었다.

세손을 내보내고 나서, 천지가 개벽하고 해와 달이 어두웠으니 내 어찌 잠시나마 세상에 머무를 마음이 있었으리오.

숭문당에서 휘녕전 나가는 건복문 밑으로 가니 아무것도 보이지 않고 다만 상감께서 칼 두드리시는 소리와 동궁께서

"아버님 아버님, 잘못하였으니 이제는 하라시는 대로

하고, 글도 읽고 말씀도 다
들을 것이니 이리 마소서."
　하시는 소리가 들렸다.

　이런 소리를 들으니 내 간장이 마디마디 끊어지고 앞
이 막히니 가슴을 아무리 두드린들 어찌하리오. 궤에 들
어가라 하시면 들어가지 마실 것이지 왜 기필코 들어가
셨는가? 처음엔 뛰어나오려 하시다가 이기지 못하여 이
지경에 이르시니 하늘이 어찌 이토록 원망스러울 때가
있는가? 만고에 없는 서러움뿐이며, 문 밑에서 통곡하여
도 대답이 없었다.

　나는 집으로 나와서 건넌방에 눕고, 세손은 내 작은아
버지와 오라버님이 모시고 나오고 세손 빈궁은 그 집에
서 가마를 가져다가 청연과 한데 들려 나오니 그 모습이
어떠하리오.

　집에 와서 세손을 만나니 어린 나이에 놀랍고 망극한
모습을 보시고 그 서러운 마음이 어떠하였겠는가? 놀라
서 병이 날까, 내가 망극함을 이기지 못하고

　"망극 망극하나 다 하늘이 하시는 노릇이니, 네가 몸

을 평안히 하고 착해야 나라가 태평하고 정은을 갚을 것이니 지나친 설움으로 네 마음을 상하지 말라."

하고 위로하였다.

20일 신시쯤 폭우가 내리고 뇌성이 치자, 동궁께서 뇌성을 두려워하시던 일이 뇌리 속에서 떠나지 않았다. 내 마음이 음식을 끊고 굶어 죽고 싶고, 깊은 물에 빠지고 싶고, 수건을 어루만지며 칼도 자주 들었으나 마음이 약하여 결단을 못하였다. 그러나 먹을 수가 없어서 냉수도 미음도 먹은 일이 없으나 내 목숨 지탱한 것이 괴이하였다. 그 이십일 밤에 비 오던 때가 동궁께서 숨지신 때던가 싶으니 차마 어찌 견디어 이 지경이 되셨던가. 그저 온몸이 원통하니 내 몸 살아난 것이 모질고 흉하다.

선희궁이 마지못하여 그렇게 아뢰어 대처분을 하셨으나 병환 때문에 하신 일이라, 애통하여 은혜를 내리실까 바랐더니 성심이 그 처분으로도 화를 풀지 못하셨다. 그리하여 동궁께서 가까이 하시던 기생과 내관 박필수, 별감이며 장인, 부녀들까지 모두 사형에 처하시니 감히 무슨 말을 하리오.

슬프고 슬프도다. 모년 모월 일을 내 어찌 차마 말로 하리오. 하늘과 땅이 맞붙고 해와 달이 빛을 잃고 캄캄해지는 변을 만나 내 어찌 잠시나마 세상에 머물 마음이 있으리오. 칼을 들어 목숨을 끊으려 하였더니 곁의 사람들이 칼을 빼앗아 뜻처럼 못하고 돌이켜 생각하니, 세손에게 첩첩한 큰 고통을 주지도 못하겠고 내가 없으면 세손의 앞날은 또 어찌하리오. 참고 참아서 모진 목숨을 보전하고 하늘만 보고 부르짖었다.

그때 부친이 나라의 엄중한 분부로 재상 직을 파직당하여 동교(東郊)에 물러나서 근신하고 계시다가 사건이 마무리된 후에 다시 들어오시니 그 한없는 고통을 어찌 감당하리오. 그날 실신하고 쓰러지니 당신이 어찌 세상에 살 마음이 있을까마는 내 뜻과 같아서 오직 세손을 보호하실 정성으로 죽지 못하셨다. 이 뜨거운 정성을 귀신이나 알지 어느 누가 알리오.

그날 밤에 내가 세손을 데리고 사저(私邸, 고관─高官─이 사사로이 거주하는 주택을 관저에 상대하여 이르는 말)로 나오니 그 놀랍고 다급하여 어찌할 바를 모르던 모

습은 천지도 빛이 사라질 지경이니 어찌 말로 하겠는가.

선왕께서 부친께

"네가 보전하여 세손을 보호하라."

하고 분부하셨다. 이 성스러운 뜻 망극하나 세손을 위하여 감격하여 목메어 우는 일이 끝이 없고 세손을 어루만지며

"착한 아들이 되어 선친께 효도하고 성은을 갚으라."

하고 가르치시는 슬픈 마음은 또 어쩌하리오.

그 후 상감의 명으로 새벽에 들어갈 때 부친께서 내 손을 잡으시고 중마당에서 통곡하시며

"세손을 모셔 만년을 누리셔서 복되고 영화로운 삶을 누리소서."

하고 우셨으니 그때의 내 슬픔이야 만고에 또 있으리오.

인산(因山, 태상황, 임금, 황태자, 황태손과 그 비(妃)들의 장례) 전에 선희궁께서 나에게 와 보시니 가없이 원

통하신 설움이 또 어떠
하시리오. 노친께서 슬
퍼하심이 지나치시니 내
가 도리어 큰 고통을 참
고 위로하길

"세손을 위하여 몸을
버리지 마소서."

하였다.

장례 후에 위 대궐로
올라가시니 나의 외로운
자취가 더욱 의지할 곳
없었다. 팔월에야 선대왕(영조)을 뵈오니 나의 슬픈 마음
이 어떠할까마는 감히 말씀 드리지 못하고 다만

"모자 함께 목숨을 보전함이 모두 성은이로소이다."

하고 울며 아뢰었다.

선대왕께서 내 손을 잡고 우시면서

"네 그러할 줄 모르고 내가 너 보기가 어렵더니 내 마
음을 편하게 해 주니 아름답다."

하는 말씀을 들으니 내 심장이 더욱 막히고 모질게 살아남아야 한다는 생각이 더욱 강해졌다.

또 아뢰기를

"세손을 경희궁으로 데려다가 가르치시기를 바라옵나이다."

하였다.

"네가 세손을 떠나보내고 견디겠느냐?"

하시기에 내가 눈물을 흘리며

"떠나서 섭섭한 것은 작은 일이요, 위를 모시고 배우는 것은 큰일이옵니다."

하고 세손을 경희궁으로 올려 보내려 하니 모자가 떠나는 정리 또한 오죽하리오. 세손이 차마 나에게서 떨어지지 못하여 울고 가시니 내 마음을 칼로 베는 듯했으나 참고 지냈다.

선대왕께서 세손을 사랑하심이 지극하시고 선희궁께서 아드님 대신 세손에 정을 쏟으셔서 매사를 돌보시고 한 방에 머무시면서 새벽이면 밝기 전에 깨워서

"글 읽으라."

하고 내보내셨다. 칠십 노인이 한결같이 일찍 일어나
서서 조반을 잘 보살펴 드리니 세손이 일찍 음식을 못 잡
수시나 조모님 지성으로 억지로 자신다 하니 선희궁의
그때 심정을 어찌 헤아릴 수 있으리오.

그해 9월에 천추절(千秋節, 왕세자의 탄생일)을 맞으
니 내가 몸을 움직일 기운이 없었으나 상감의 명으로 부
득이 올라가니 선대왕께서 내가 거처하던 경춘전 남쪽
낮은 집을 '가효당' 이라 이름 지으시고 현판을 친히 써
주시며

"네 효성을 오늘날 갚아 주느라."

하셨다. 내가 눈물을 흘리며 받잡
고 감히 어쩌지 못하고 또 불안해하
니, 부친이 이를 들으시고 감축(感祝,

경사스러운 일을 함께 감사하고 축하함)하시어 집안 편
지에 늘 그 당호(堂號, 당우-堂宇-의 이름)를 써서 왕래
하게 하셨다.

계축일기

작자미상

계축일기

조선 시대 수필 형식의 기사문(記事文)으로 필사본 1책 《서궁록》이라고도 한다. 1613년(광해군 5 : 계축년) 선조의 계비인 인목 대비 폐비 사건을 시작으로 하여 일어난 궁중 비사를 기록한 글이다. 인조 반정 뒤 대비의 측근 나인이 썼다고 한다. 그러나 문체와 역사적 사실을 들어 인목 대비 자신이 쓴 것이라는 설도 있다. 《계축일기》는 공빈 김씨의 소생인 광해군과 인목 대비의 소생인 영창 대군을 둘러싼 당쟁을 중후한 궁중어로 사실적으로 서술한 글이다. 묘사보다는 서술에 중점을 두고 있어 당시의 치열한 당쟁의 이면을 이해하는 데 좋은 자료가 된다.

인목 대비는 김제남의 딸로, 선조의 첫 왕비 박씨가 선조 33년에 승하하자 2년 후에 계비가 되었는데 선조 36년에 정명 공주를 낳고, 3년 뒤인 39년에 영창 대군을 낳았다. 초비 박씨에게는 자식이 없고, 후궁의 하나인 공빈 김씨의 2남 광해군 휘가 일찍 세자가 된다. 선조가 57세로 승하하자, 곧바로 광해군이 즉위하여 임해군을 죽이고, 그 후 무옥 사건이 종종 일어나자, 그의 혐의병은 더욱 심했다. 광해군 5년에는 마침 서양갑(徐羊甲) 등의 사건이 발각된다. 유자신, 이이첨, 박승종 등이 심복과 함께 대비의 아버지이자 대군의 외조부인 김제남이 광해군을 내치고 대군을 왕위에 세우려 한다고 소문을 퍼뜨린다. 이로 인해 김제남과 그의 아들, 영창 대군 그리고 많은 내관들은 역적으로 몰려 참혹한 죽음을 당하게 되고, 인목 대비는 서궁으로 쫓겨나 폐비가 되어 청춘 시절을 다 보내고 늦게야 인조 반정을 만나 복위된다.

핵심정리

갈래 : 궁정 수필

연대 : 조선 광해군시대

구성 : 내간체

배경 : 인목대비의 폐비로 인한 궁중비사

주제 : 궁중의 권력투쟁

출전 : 서궁일기

계축일기

임인년(선조 35년)에 중전인 인목왕후가 아기를 가졌다는 이야기를 듣고 당시 세자였던 광해군의 장인 유자신은 사위의 왕위 계승이 어려워질까 하여 중전을 놀라게 해 낙태시킬 생각을 품었다. 그래서 대궐 안에 돌팔매질을 하고, 변소에 구멍을 뚫고 나무로 쑤시기도 하고, 한밤중에 횃불을 든 강도가 들었다고 떠들어 대기도 하였다.

이듬해 중전이 공주를 낳으니 처음에는 대군을 낳은 것으로 잘못 전해 들은 유자신은 아무 말도 없더니 공주를 낳았다는 걸 알게 된 뒤에야 웃으면서 선물을 주었다고 한다. 이것을 보더라도 그가 얼마나 중전을 미워했는지 짐작할 만하다.

그로부터 삼 년 뒤에 중전이 드디어 영창대군을 낳으니 유자신은 소식을 듣고 집에 틀어박혀 머리를 싸매고 음흉한 계략을 꾸미기 시작했다. 이제 적자가 태어났으니 동궁(광해군)의 자리가 위태롭다고 여긴 것이다.

당시 임해군(광해군의 형)이 자식이 없으니 왕이 임해군을 세자로 삼았다가 영창대군에게 전하게 하려고 한다는 거짓 소문을 내며 '선묵제 만묵제'라는 동요까지 지어 광해군을 세자로 봉하겠다는 뜻을 중국 황제에게 전하라고 재촉하였다.

그러나 선조는

"둘째 아들을 세자로 세우는 것은 집안과 나라가 모두 망하는 일이니, 중국 황제는 온 천하에 법을 펴고 다스리는 마당에 한 조정을 위해서 그런 처사를 허용하지 않을 것이다."

하고 그 후 다시 상소를 올리자 크게 꾸중을 하였다.

광해군을 세자로 책봉하는 일이 행여 막히지나 않을까 염려한 유씨 일파는 적자가 태어나니 세자 책봉은 안

한다고 떠들었다.

선조가 병에 걸리자 정인홍, 이이첨 등 대여섯 사람이 상소를 올렸다.

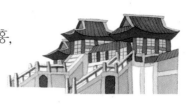

"유영경(당시 영의정)이 임해군을 위해서 광해군의 세자 책봉을 중국에 청하지 않으니 유영경의 머리를 베게 하십시오."

그뿐 아니라 차마 입 밖에 낼 수 없는 말로 상감의 뜻을 거스르기 일쑤였다.

그러니 이미 여러 해 동안 병을 앓아 기운이 다한 상감은

"어찌하여 나를 협박하는 짓을 하는고?"

하며 분개하는 마음을 이기지 못하여 음식을 들거나 자는 것조차 거의 하지 못하였다. 그러다 결국 정인홍 등을 귀양 보내라는 유언을 남기고 운명하였다.

상감이 승하할 때 광해군에게 남긴 유언에도 이렇게 당부하였다.

"모함하는 말이 있어도 마음에 두지 말고 어린 대군을

가엾게 생각하라".

그러니 어찌 영창대군을 왕위에 오르게 할
뜻이 있을까마는 유씨 일파는 계속 의심하여
갖가지 모함을 하고, 우선 임해군을 없앨 계책
을 의논하곤 하였다.

선조는 광해군이 어렸을 때부터 영특하지 못
하다고 여겨 왔으나 임진왜란 때 갑자기 왕세자로 정하
고부터는 항상 친히 가르치고 교훈를 내렸지만 도무지
순종하는 일이 없었다. 상감이 타이르면 도리어 원수처
럼 생각하니 마땅치 않게 생각하였다.

"자식이 되어 어버이에게 하는 도리가 어찌 저럴 수 있
는가?"

그러던 중에 세상을 떠난 의인왕후(선조의 첫 왕비)의
장례도 마치지 않았는데 후궁의 조카를 데려다가 첩을
삼으려 하였다. 그래서 상감이 꾸짖고 허락하지 않았더
니 그 일을 두고두고 원망하였다. 그러다 병오년에 큰 화
가 일어났을 때 상감을 속이고 후궁을 위협하며

"내가 하는 일을 상감께 아뢰거나 조카를 내주지 않으

면 훗날 삼족(三族, 부모, 형제, 처자를 통틀어 이르는 말)을 없앨 테니 그리 알아라."

하며 공갈과 협박을 하면서 나인을 보내 빼앗아 갔다.

광해군은 영창대군이 태어났을 때부터 없앨 마음을 품어 오다가 대군이 점점 커 가자, 변을 일으켜 순식간에 없애려고 날마다 유자신과 궁리하니, 철부지 어린 대군이 불쌍하고 가여운 노릇이었다.

정인홍 등이 미처 귀양지까지 도착하지도 않았는데 상감께서 승하하자, 광해군은 그날로 불러들여 벼슬을 내리고는 옆에 두었다. 그리고 두 주일이 되자 형인 임해군을 없애기 위해, 미리 사헌부와 사간원에 임해군의 죄목을 꾸며서 올리도록 시키고는 임해군한테 죄목을 들이댔다.

"이제라도 대궐에서 나가면 죄를 벗을 수 있지만 궐내에 그냥 머무른다면 죄가 더 무거워질 것이니 빨리 나가도록 하시오."

라며 한편으로는 군사를 시켜 대궐 밖으로 나가는 임해군을 묶어 교동으로 귀양 보내 감금해 두었다. 이때 임해군이 병중인 것으로 알고 있던 명나라에서 사실을 조사하기 위해 사신을 보내자 임해군에게 협박했다.

"전신불수인 체하면 처자(妻子, 아내와 자식을 아울러 이름)와 함께 살도록 해 주겠으나, 만일 내 말대로 하지 않으면 죽일 것이다."

임해군은 곧이듣고 그대로 했지만, 명나라 사신이 돌아가자 독약을 내려 형을 죽였다.

임해군을 죽일 때 영창대군도 함께 죽이려고 상소문을 올리자 조정(朝廷, 임금이 나라의 정치를 신하들과 의논하거나 집행하는 곳. 또는 그런 기구)에서 시비가 벌어졌다.

"지금 강보(포대기)에 싸여 있는 어린 몸이고 또 새 정치를 베푸는 이 마당에 형제를 둘씩이나 함께 죽인다는 것은 불리한 일입니다."

하니 대군은 죽이지 않고 그냥 두었다. 그러나 대군을 없애려는 흉계는 변치 않아 결국 난을 일으키고 말았다.

어느 해 겨울에 유자신의 아내 정씨가 대궐 안으로 들어와 딸과 사위 셋이서 머리를 맞대고 사흘 동안을 자정

이 넘도록 의논하더니 마침내, 계축년 정월 초사흗날부터 흉악한 무옥의 계략이 시작되었다. 유자신, 이이첨, 박승종 등 심복과 함께 대비의 아버지이자 대군의 외조부인 김제남이 광해군을 내치고 대군을 왕위에 세우려고 한다는 소문을 퍼뜨렸다. 또한 사형수 박응서에게 시키는 대로만 대답하면 살려 주겠다고 꾀니, 그는 살겠다는 욕심으로 김제남과 함께 대군을 왕으로 세우기 위해 역적모의를 했다는 자백을 한 것이다.

이렇게 하여 김제남과 그의 아들 그리고 많은 내관들을 역적으로 몰아 죽이고, 마침내 대군을 끌어내기 위해 대비에게 말하였다.

"조정에서는 대군을 속히 내놓으라고 날마다 보채지만 어린아이가 무엇을 알겠느냐며 들은 체를 않고 있었습니다. 그러나 서양갑, 박응서 같은 무리들을 사귀어 역모를 꾀하는 대란이 났으니, 이제 와서 누구의 탓으로 돌리겠습니까? 조정 대신들이 심하게 노하여 그 마음을 풀도록 잔치에 참석케 하려고 하니 대군을 잠깐 궐 밖으로 내보내도록 해 주십시오."

대비는 하도 기가 막혀서 차마 바로 듣지 못하고, 모시는 이들도 마음이 산란하여 가슴이 미어졌다. 그러나 아무 대답을 안 할 수 없어 말하였다.

"이 세상에서 저지르지도 않은 큰 변을 만나 친아버님과 동생을 죽였으니, 내 자식의 일로 인해 어버이께 큰 불효가 되어 세상에 용납되지 못할 줄 압니다. 하지만 대군이 나이 들어 철이라도 났다면 모르지만, 이제 동서도 분간하지 못하는 여덟 살 철부지 어린애일 뿐입니다. 그래서 애당초 대군을 데려다 종으로 삼아 제 명이나 다하게 하시고, 아버님과 동생을 살려 주십사 청한 것입니다. 그때 제가 머리카락을 잘라 친필로 글월을 써서 보냈건만 받지 않고, 이제 와서 어찌 이런 말을 하십니까? 이 모든 일을 어린아이가 알기나 할 것이며, 어른의 죄가 아이한테 미치니 합당한 일입니까?"

그러자 광해군이 대답하였다.

"선왕께서 불쌍히 여기라고 하신 유언도 계신 터이니

대군에 대해선 아무 염려 마십시오. 머리카락은 제가 갖고 있지 못할 물건이라 도로 드리는 겁니다."

"아버지께서 돌아가시게 된 일을 생각하면 간장이 미어지는 것 같으나 국법이 중하여 내 마음대로 살려 드리지도 못했습니다. 하지만 이 아이는 선왕(先王, 윗대의 임금)의 아들이니 그래도 좀 생각을 해 주실까 하였는데, 새삼스레 그런 말을 하시니 말의 앞뒤가 맞지 않아 서러워질 따름입니다. 어린아이를 어디다 감추어 두겠습니까? 내가 품에 안고 함께 죽을지언정 내보낸다는 건 차마 못할 노릇입니다."

대비가 이렇게 전하니 광해군이 글을 써 보냈다.

"아무려면 아이보고 아는 일이냐고 족치겠습니까? 예부터 특별한 사정이 있으면 궐 밖으로 잠시 나가는 일은 간혹 있었으니, 그 정도로 여기시고 좀 내보내 주십시오. 조정에서 하도 보채어 그들의 마음을 풀어 주려는 것이니, 대군에게 해로운 일이 있으리라고는 조금도 근심하지 마십시오."

"내 낯을 보아서가 아니라 대전도 선왕의 아드님이시

고 대군 또한 아들이니 정을 생각해서 차마 해할 리야 있 겠습니까? 그러나 대군이 나이 열 살도 채 못 되었고, 한 번도 대궐 밖을 나간 일도 없으니 어디다 숨겨 두겠습니 까? 대전께서 압력을 가하시면 될 일이니 선왕을 생각하 셔서 인정을 베풀어 주소서."

광해군이 또 말하였다.

"문 밖에 내보내 주십사 해 놓고 설마하니 먼 곳으로 보낼 리 있겠습니까? 이 서소문 밖 가 까운 곳에 벌써 거처할 집을 정해 놓았습 니다. 궐 안에 두면 조정에서 없애 버리라 고 날이면 날마다 근래 서너 달 동안 보 채지 않은 날이 없었습니다. 내 비록 듣지 않으려고 하나 조정에서 하도 시끄럽게 구니, 오히려 문 밖으로 내보내 그들의 마음을 시원케 해 주는 게 대군에게도 좋은 일입니다. 제가 어련히 잘 보살피지 않겠습니까? 결코 거짓말을 하는 게 아닙니다. 이 말을 철석같이 믿으시고 부디 내보내 주십시오."

그러자 대비가 애원하였다.

"여러 번 이렇게 말씀하시니 서러운 중에도 더욱 망극합니다. 또한 선왕을 생각하고 옛날에 국모(國母, 임금의 아내나 임금의 어머니를 이르던 말)라 하시던 일을 생각하신다니 감격스러우나, 대전께서는 다시 한 번 고쳐 생각해 주십시오. 어미가 어린 것을 혼자 내보내고 차마 어찌 나만 살 수 있겠습니까? 차라리 나와 함께 나가게 해 주십시오."

이제는 더 버텨도 소용이 없는 줄 알게 된 대비는 거듭하여 간곡히 당부하였다.

"이 설움을 어디에 견주겠습니까?
그러나 대군을 곱게 있게 해 주마 하고 벌써 여러 날 말씀하셨고, 내전에서도 속이지 않겠노라고 극진한 투로 글월에 보냈으니 그 말을 믿고 대군을 내보내겠습니다. 하지만 살아남은 제 둘째 동생과 어린 동생만이라도 살려 주시어 제사나 잇게 하여 주십시오."

광해군은 그제야 기꺼이 대답하였다.

"두 동생일랑 고이 살게 하겠습니다. 대군을 하루빨리

내보내 주십시오. 잠시 나가는 것이니 그동안 오히려 편안하시고 좋을 것입니다. 날마다 안부 전하는 사람도 드나들게 할 것이며, 원하시는 일도 다 들어 드리겠습니다."

다음 날, 장정 내관 열 명가량이 몰려와 사이 문을 여니 대비전 나인들은 두려워 구석구석에 웅크리고 있었다. 장정들이 나인들 침소에까지 몰려 들어와 말하였다.

"무엇이 부족하며, 무엇이 마땅치 않아 이런 일을 저지르시는고? 대군에게 돈이 없던가, 명례궁(지금의 덕수궁)에 돈이 없던가? '대비'의 칭호라도 받으시고 대군을 살리려 하실 일이지 어찌하여 이런 역모를 하실꼬? 어린아이가 무엇을 알까마는 일을 저질렀으니 뉘 탓으로 돌릴꼬? 어서 대군을 내보내소서."

차마 들을 수가 없는 말이라 잠자코 있으니 그들이 또 꾸짖으며 말하였다.

"다 옳은 말을 하였으니 입이 있다 한들 무슨 할 말이 있어 대답을 하겠는가? 너희 나인들이 대군을 빨리 납시게 해야지, 만약 그렇지 않고 지체하여 더디 내보낸다면 너희를 모조리 죽일 것이니 그리 알아라."

까무러쳐 있던 대비가 겨우 정신을 차리고 대전 나인 우두머리 너덧 사람을 들어오라 하고 말하였다.

"너희들도 사람의 탈을 썼으면 설마 나의 애매함과 서러움을 모를 리야 있 겠느냐? 내가 무신년에 죽지 않고 지 금껏 살아온 것은 대전이 선왕의 아드 님이기에 오로지 두 아이를 편안히 살 게 해 줄까 함이었다. 그 후 여러 해를 두고 하루도 마음 편할 날 없이 백 가지로 근심만 하며 살아왔다. 그러다 흉한 도적을 만나 용납할 수 없는 대 역의 죄명까지 내게 뒤집어씌웠으나 하늘이 무심하여 이 토록 애매한 처지를 말해 주지 않으니, 내가 무슨 말을 한단 말이냐? 이제 밖으로는 아버님과 동생을 죽이셨고, 안으로는 나를 가까이 받들던 나인들을 모두 죽였으니, 이 어린 대군의 몸에까지 죄가 미칠 까닭이 없으련만 또 대군을 내놓으라 하니 차라리 내가 저희 앞에 바로 죽어 서 이런 망극하고 서러운 말을 아니 듣고 싶다. 그러나 대전의 말이 아직도 내 귀에 쟁쟁히 남아 있고, 나인들이 모두 증인이 되었으니, 임금이 설마 국모를 죽이겠는가? 만약 그렇다면 범인(凡人, 평범한 사람)에 비할 바가 아니라고 여러 번 은근한 말로 일러 왔으니, 그 말들을 철석같이 믿고 내보내겠다. 내 두 어린 동생만은 놓아 주어 어머님을 모시게 하고 조상의 제사나 받들게 해 준다면 대군을 내보내려 하노라. 이 말을 그대로 대전(大殿, 임금이 거처하는 궁전)과 내전(內殿, 왕비가 거처하던 궁전)에 전하도록 하여라."

대비의 애통한 말을 사람으로서 눈물 없이 어찌 차마 들을 수 있을까마는 그들은 모진 말을 거리낌 없이 하였다.

"이토록 하지 않으시더라도 대전께서 어련히 알아서 처리하시겠습니까? 속히 내보내 주십시오."

그러나 차마 내보내지 못하고 한없이 통곡하니 두 아기들도 곁에서 함께 울었다.

"하느님이시여, 내가 무슨 죄를 지었다고 이토록 서럽게 하시나이까?"

대비가 하도 섧게 우시니, 비록 무쇠 같은 마음을 가진 사람인들 어찌 눈물이 나지 않을까?

장정 나인들은 틈틈이 앉아서 으름장을 놓았다.

"너희의 울음소리가 들리면 대군을 안 내주실 것이니, 좋은 낯으로 어서 들어가 여쭈어야지 행여 서러운 빛을 보이거나 하면 다 죽여 버리리라."

대전 나인들이 눈물을 감추고 들어가 여쭈었다.

"벌써 범의 입을 면치 못하게 되었으니 병드신 부부인 (어머님)께서 지금 살아 계심은 오직 대비님을 믿고 의지하셔서입니다. 미처 부원군의 뼈도 제대로 간수하지 못하신 형편이니, 두 오라버님이나 살려 주시거든 제사를 받들게 하시고 설움은 잠시 참으시고 대군을 내보내십시오."

날은 저물어 가고 어서 내라는 재촉은 불같고 또 안에서는 나인마저 재촉하니 하늘을 꿰뚫을 힘이 있다 한들 어찌 이길 수 있었겠는가.

점점 더 늦어지니자 우리 나인들을 각각 꾸짖으며 말하였다.

"너희들이 이래서야 집행할 수 없으니 우리가 들어가서 대군을 빼앗아 데리고 올 것이다. 너희들 한 사람이라도 살 수 있는지 어디 두고 보자."

장정들이 들이닥치려 하자 나이 많은 변 상궁이 들어가 여쭈었다.

"대전에서 안팎 장정들을 모두 보냈으며 밖에는 금부 하인들이 쇠사슬을 들고 둘러섰고, 나인들을 끌고 가려고 저리 대령하고 있습니다. 저희가 죽는 건 서럽지 않지만, 대비께서 오직 이 늙은 것을 믿고 계시며 소인도 대비 마마를 믿고 의지해 왔습니다. 혹시 무슨 불행이 닥치더라도 소인이 살아 있다가 막아 드릴 수 있을까 하여 죽지 않고 지금까지 살아온 것입니다. 그런데 대군 아기씨를 이토록 내주지 않으시니 이제야 죽을 때를 알게 되었습니다."

대비께서 말씀하셨다.

"너희들은 나인인 까닭으로 자식에 대한 어미의 정을 모른다. 나는 차마 내주지 못하겠다."

한편으로 대군을 모시고 있는 나인들이 아기씨를 달래며 말하였다.

"사나흘만 잠시 나갔다가 올 것이니, 버선 신고 웃옷 입고 나를 따라 나갑시다."

영특한 대군이 말하였다.

"죄인들만 드나드는 문으로 데려가려 하는데, 죄인이 버선 신고 웃옷은 입어 무엇 할까?"

"누가 그렇게 말합디까?"

"남이 일러 줘야만 아나? 내가 다 알았네. 서소문은 죄인이 드나드는 문인데 나도 죄인이라 하여 그 문 밖에다 가두려 하는 것 아닌가? 누님과 함께 간다면 모르지만 나 혼자는 못 가겠노라."

대군의 말을 들은 대비는 더욱 서럽게 울었다.

"더 이상 내주지 않거든 나인들을 다 잡아 내라."

날은 늦어 가고 재촉은 불길 같아 기운이 다 빠진 대비는 정 상궁이 업고 공주는 주 상궁이 업고 대군은 김 상궁이 업었다.

대군이 말하였다.

"어머님과 누님께서 먼저 나가시고, 나는 그 뒤를 따르게 하라."

"어찌 그렇게 하라 하시나요?"

"내가 먼저 나가면 나만 나가게 하시고 다른 두 분들은 안 나오실 것이니 나 보는 데서 가오."

대비는 생무명(천을 짠 후에 잿물에 삶아서 뽀얗게 처리하지 않은 원래 그대로의 무명)으로 만든 상복을 입고 생무명 보를 덮고, 두 아기씨는 남빛 보를 덮고서 상궁들에게 업혀 자비문에 다다랐다.

내관 십여 명이 엎드려 아뢰었다.

"어서 빨리 나오십시오."

대비가 말하였다.

"너희도 선왕의 녹을 먹고살았으니 어찌 측은한 마음이 없겠느냐? 내가 십여 년을 왕비 자리에 있으면서도 자식을 얻지 못해 늘 근심을 하던 끝에, 병오년 처음으로 대군을 얻으시고 선왕께서 기뻐하시며 사랑이 비할 데 없으셨다. 그러나 당시는 강보에 싸인 어린 것이기에 무슨 뜻을 두셨겠는가? 자라는 모양만 대견해하시다가 돌아가시니, 내 그때 따라 죽었던들 오늘날 이 서러운 일을 겪지 않으련만, 모두 내가 죽지 못하고 살았던 죄라. 아직 동서도 구별하지 못하는 철없는 것마저 잡아내니, 조정이나 대간(사헌부와 사간원의 벼슬을 통틀어 부르는 말)이나 선왕을 생각한다면 어찌 이런 서러운 일을 할까?"

대비는 너무도 애통해하였다. 내관들도 눈물을 닦으며 입을 열어 여러 말을 하지 못했다.

대전 나인 연갑이는 대비를 업은 나인의 다리를 붙들고, 은덕이는 공주를 업은 주 상궁의 다리를 붙들어 걸음을 옮겨 딛지 못하게 하였다. 그러나 대군을 업은 사람을 앞으로 끌어내고 뒤에서 떠밀어서 문 밖으로 내보내고, 나인들은 안으로 밀어 들이고 자비문을 닫아 버리니, 그 망극함이 어떠하였겠는가.

대군 아기씨만 문 밖으로 업혀 나가 등에 머리를 부딪치고 울면서 어머니를 애타게 부르짖었다.

"어마마마 좀 보게 해 줘."

사람들은 울음소리가 진동하고 눈물이 땅 위에 가득 차 눈이 어른거려 길을 찾지 못하였다.

대군이 문 밖으로 나간 뒤 그 주위를 칼과 화살 찬 군인이 빙 둘러싸고 가니, 그제야 울기를 그치고 머리를 숙인 채 자는 듯이 업혀 갔다.

대비는 하늘을 우러러 애통해하다가 여러 번 기절을 하고, 사람 없는 틈을 타서 목을 매거나 칼로 자결을 하려고 사람들을 모두 내보내라 하였다. 변 상궁이 그 뜻을 짐작하고 밤낮으로 곁을 떠나지 않고 마주 앉아서 여러 말로 위로하였다.

"대군의 나이 이제 열 살도 못 되셨으니 설마 죽이기야 하겠습니까? 바깥소식에 귀를 기울이고 있으면 자연히 안부라도 듣게 될 것이며, 대비께서 살아 계셔야 본가 제사도 맡아 하실 것이요, 소인네들도 살 것이 아닙니까? 안 그러면 늙으신 본가 어른이 누구를 믿고 살아 계시겠습니까? 아드님을 위하여 깨끗이 죽고자 하시나 부모님께 크게 불효가 되는 일이니 친정어머님을 생각하시어 마음을 돌리시고, 잠시 동안 이 서러움을 견디옵소서. 궁궐 문이나 열거든 본가댁 분
들을 만나 억울하고 서러운 말씀도
서로 나누소서. 또한 공주 아기씨도
자손인데, 버리고 돌아가시면 어디
가서 누구를 믿고 사시겠습니까. 대군 마마 소식은 아직
모르오나, 대비께서 먼저 돌아가시면 반드시 대군을 죽
일 것이며 공주 아기씨 또한 일을 꾸며서 마저 없애 버릴
것입니다. 또한 대비께서 역모를 꾀하다가 발각되어 자
결하였노라고 역사책에 올릴 것이니, 지금 처지가 견디
기 어려운 지극한 슬픔인 줄은 다시 말할 길 없사오나,
후세에 대비 마마의 이름이 더럽혀 전해질 것을 깊이 생
각하시어 애통함을 참으시고 마음을 돌리옵소서."

　그러나 대비는 잠시도 쉬지 않고 서럽게 곡을 하시며
음식을 들지 않고 다만 냉수와 얼음만 마실 뿐, 날마다
친정어머님과 대군의 안부를 알아 올리라고 보챘다. 그
러나 대군은 무사하시다는 말뿐이요, 어머님 소식은 알
길이 없었다.

　이렇게 지낸 지 한 달 만에 대군을 강화로 옮겼으나 알

려 주는 이가 없으니, 차츰 대비는 수상히 여기어 새로이 근심하였다. 대군 아기씨가 즐기던 과일이며 고기며 종이, 붓들을 침실에 놓아두고 나인들에게 끝없이 보챘다.

"어찌하여 이리 안부도 알리지 않는고. 필경 무슨 까닭이 있는 것이야. 어서 안부나 알아다오."

하지만 어디 가서 들을 수가 있었겠는가? 대비가 내관에게 물었다.

"안부는 염려 없이 들으리라 하더니 벌써 몇 달째 안부를 모르겠다. 도대체 어디 가 있으며 어찌 약속이 다른고? 임금으로서 설마 속일 리야 있을까 하며 철석같이 믿었더니, 이제 와서 속인 게 분명하니 간 곳이나 고하라."

그러나 아무도 대답조차도 하지 않았다.

한편 영창대군은 아직 강화도를 가지 않았을 때 김 상궁께 업혀 슬픔을 이기지 못해 울면서 보챘다.

"내 발을 씻겨라. 목욕도 시켜다오."

김 상궁이 물었다.

"무슨 일로 목욕은 하려 하십니까?"

"오늘이 며칠이냐?"

"날은 알아서 무엇 하시렵니까?"

"알 만한 일이 있어서 묻는 것이다."

대군이 이 말을 하고 더욱 서럽게 울었다. 그래서 모두
가 이상히 여겼더니 과연 유월 스무 하룻날에 강화로 끌
려갔던 것이다. 머리가 영특하여 닥칠 화를 미리 알았던
것일까?

대비는 더욱 서러워 음식을 끊고 밤
낮 우시는 걸로 세월을 보내더니, 하도
권하는 바람에 콩가루를 냉수에 풀어 간
장 종지로 들고 그것도 하루에 한 번씩
도 제대로 드시지 않다. 변 상궁이 울면서 간절히

"목이라도 적시고 우십시오."

하면 겨우 두어 번씩 마실 뿐이었다.

이렇게 계축년, 갑인년, 을묘년까지 삼 년을 콩가루를
꿀물에 탄 것을 하루에 한 번씩만 들면서

"대군의 기별을 알고 싶구나."

하시며, 문안을 오는 내관더러 아무리 말해도 들은 체도 하지 않았다.

광해군이 갑인년 삼월에 내관을 보내어 변 상궁에게 일렀다.

"너희들이 다른 마음을 품지 말고 오직 대비로만 모시고 편안히 살 일이지, 어찌하여 대군을 임금으로 삼으려고 반정을 꾀하였느냐? 이제 살아남은 나인들은 내 말을 잘 듣고 그대로 복종해야지, 그렇지 않는다면 분명히 말해 두려니와 법대로 처단할 것이니 그리 알고 행하도록 하여라. 처음엔 대군을 서울에 두었더니 죄인을 성 안에 두는 게 옳지 못하다고 조정에서 하도 보채어 하는 수 없이 강화 땅으로 옮겼다. 그랬더니 제 목숨이 박명하여 옮긴 지 오래지 않아 죽었다. 죄인의 주검은 찾는 법이 아니라고 조정에서는 내버려두라고 하였지만, 형제간의 의리를 생각하여 비단 자리와 관을 갖추어 극진히 장사 지냈다. 이를 대비가 아시더라도 서러워하실 리 없겠지만, 서울에서 강화로 옮길 때 알지 못하였으니 제 명에 죽었어도 날보고 죽었다고 하실 게 뻔하니 천천히 아시게 하

여라. 즉시 여쭙기라도 한다면 너희들을 잡아다 옥에 가두고 집안 사람을 모조리 잡아 죽일 것이니, 너희들만 알고 있다가 때를 보아 너그럽게 생각하시도록 하면 아무런 후환이 없을 것이다. 만일 한숨을 쉬며 서러워한다는 말이 조금이라도 들리면 모두 살지 못할 것이니 그리 알아라."

대군이 돌아가셨다는 말을 듣고 나인들의 서러움이 태산 같았으나 어찌 울음소리인들 낼 수 있었겠는가? 그저 가슴을 두드리고 원통해할 따름이었다.

사월이 되도록 대군이 죽었다는 말을 하지 않았다. 어느 날 대비가 꿈을 꾸었는데 두 젖이 흐르고 모든 사람들이 대군 아기씨를 안아다가 대비에게 안겨 주니 반가워 우시며 젖을 먹이다 꿈을 깨었다.

"어찌하여 이런 꿈을 꾸었을까? 마음이 다시금 놀랍고 온몸이 떨려 진정을 할 수 없구나."

나인들이 말하였다.

"젖이라 하는 것은 아이들의 양식이니, 아기씨께서 장수하셔서 마마의 마음을 즐겁게 하시고 또 서로 만나 보실 좋은 징조입니다."

그 뒤에 또 꿈을 꾸었는데, 대군 아기씨가 대비에게 와 안기며 말하기를

"머리를 빗으며 하늘의 옥경을 보니 인간의 복과 운명이 다 하늘에 달린 줄 알았습니다. 어마마마께서 저를 보지 못하시어 서러워하시나 저는 옥황상제를 뵈었으니……."

하고 울었다. 대비가 붙들며 말하였다.

"어디를 갔었느냐? 나는 너를 잃고 서러워 죽고자 하였는데, 너는 어찌하여 간 곳도 안 가르쳐 주느냐?"

대군이 대답하였다.

"아셔도 아무 소용이 없습니다."

대비가 나인들을 보며 말했다.

"이 어찌 보통 꿈이겠느냐? 죽이고도 나를 속이는 것 같으니 바른대로 말하면 좋을 것이나, 그렇지 않으면 이 서러움을 참지 못해 차라리 죽어서 같은 곳으로 가고자

하노라."

상궁이 서러움을 참지 못하여 말하였다.

"눈물이 흘러 옷이 젖으니 어찌 서러움을 참으며 무쇠 같은 마음인들 참아지겠나이까. 영특한 아기씨께서 안부를 전하려고 애쓰다 못해 이리 꿈에 나타나시니, 인간은 속일 수 있어도 신령은 못 속이나 봅니다."

그 말을 들은 대비가 졸도하여 죽은 듯이 누워 있어 가까스로 냉수로 깨워 정신을 차리게 하였다.

이렇듯 억울하고 서러움을 참을 길 없건만 광해군과 대전 나인들은 갖은 말로 모함하면서 대비와 공주 아기씨마저 죽이려고 온갖 계략을 꾸몄다.

광해군이 말하였다.

"대비의 성질이 사납기 이루 말할 수 없어 우리 대전 마마를 죽이고 대군을 그 자리에 세우려 하다가 들켜 저렇게 잡힌 신세가 된 것이다."

그리고 나인을 시켜 꾀며 말하였다.

"대비를 죽이거나 그 처소에 불을 지르면 너희는 양반이 되어 나가게 해 주겠다."

공주가 마마(천연두)를 앓고 있을 때 사람을 시켜 침전에 불을 질러 하마터면 타 죽을 뻔하기도 했다.

또 대비가 있는 궁에 여러 번 방화하여 그때마다 나인들이 불을 끄니 내관 별장이 모두를 기특하게 여겼다.

명례궁에 갇히어 지낸 지 십 년이 되어 가니 모든 물건이 다 동이 나서 신발창 기울 노끈이 없어 베옷을 풀어 꼬아 깁고, 옷 지을 실이 없으니 모시옷과 무명옷을 풀어 쓰곤 하였다. 부엌칼이 없어 환도를 둘러 끊어서 칼을 만들고, 가위가 다 닳으니 숫돌에 갈아서 날을 만들어 썼다.

하인들은 옷이 없어 낡은 야청옷(검푸른 색 옷)을 뜯어서 흰 것에 드리워 입고 윗사람은 치마 만들 것이 없어 민망히 여기고 살았다. 그런데 짐승의 똥에 쪽 씨가 들어 있어 심었더니 한 포기 났는데, 한 해 길러 두 해째는 꽤 많이 자랐다. 그래서 겨우 남빛 물감을 들이기 시작했다.

쌀을 씻을 바가지가 없어 소쿠리로 쌀을 이니 까마귀가 박씨를 물어 와 한 해 길러 두 해째는 쪽박이 열더니,

세 해째는 중박이 되고 네 해째는 큰 박이 열었다.

겨울을 칠팔 년을 지내는 사이에 햇솜이 없어 추워서 덜덜 떨었는데 면화씨가 많이 열려 그것으로 옷에 솜을 넣어 입었다. 또 꿩을 얻어 왔는데 목에 수수 씨가 들어 있어 심었더니 무성히 열려 가을이 되어 수수떡을 만들어 먹을 수가 있었다.

상추 씨가 짐승의 똥 속에 있기에 이를 땅에 심기도 했다. 또한 씨 뿌리지 않은 나물이 침실 앞뜰에 돋아나 기특히 여겨 가꾸어 뜯어 삶아 먹으니 향기롭고 맛이 좋아 모두 먹었다. 꿈에 어떤 사람이 나타나 이르기를

"나물을 못 얻어먹기에 이 나물을 주노라."

하더란다.

대추나무가 몇 그루 있었는데 온통 벌레집이 되어 오래전부터 열매를 맺지 못하였다. 햇과일이 없으나 대비가 부원군을 위하여 제사를 지내고 나니 무오년부터 그 나무가 싱싱해져서 열매가 큰 밤만큼 크게 열리며, 맛조차 기이하게 좋고 어찌나 많이 열렸던지 거의 한 섬이나 땄다.

복숭아를 심지 않았건만 저절로 자라 맛이 예사가 아니더니, 꿈에서 이르기를

"보통 복숭아는 세 해 만에 열매가 열리나 이 나무는 두 해 만에 열매 열게 하였으니 아랫사람이 먹으면 열매 열지 않고 나무도 죽게 되리라."

하였다.

그래서 대비만 드시다가 꿈이니 믿기지 않아 모두 먹었더니 과연 그해 겨울에 나무가 절로 죽더란다. 대비가 시녀를 시켜 밤나무를 심었더니 여러 해 무성하다가 기미년(광해군 33년)에 죽어 이상하게 여겼다.

그러자 또 꿈에서 일렀다.

"이 나무가 죽었으나 이상하게 여기지 마라. 다시 살아나리라. 이 나무가 사는 것에 따라 대비께서 다시 살아나시리라."

과연 이듬해 한 가지가 살아나고, 또 이듬해에 한 가지가 살아났는데 다시 꿈에 이르기를

"다 살아나면 좋은 일이 생기리라."

과연 계해년 3월 13일, 오랫동안 닫혔던 명례궁 문이 열렸으니 세상이 바뀐 것이었다. 대비와 공주 아기씨와 충성스런 나인들의 십여 년에 걸친 고초는 드디어 끝났건만, 강화도 외로운 물가에서 가엾이 죽어 간 영창대군과 아버님과 동생들 그리고 억울하게 죽어 간 삼십여 명 나인들의 원혼은 무엇으로 달랠 수 있을까?

인현왕후전

작자미상

인현왕후전

작품 정리

인현왕후전은 조선시대에 쓰인 작자, 연대 미상의 궁소설이다. 원제는 〈인현성후덕행록〉이다.

조선시대 제19대 왕이었던 숙종이 인현왕후를 폐위시키고 간악한 장희빈(張禧嬪)을 왕후로 세웠다가 다시 폐위시킨 뒤 인현왕후를 복위시킬 때까지의 궁중 비극을 다룬 것으로, 당시 궁중의 음모와 암투가 생생하게 묘사되었다. 얽히고설킨 당쟁에 관련된 사건을 조선시대의 우아한 궁중어로 기록된 ≪서궁록(西宮錄)≫, ≪한중록(恨中錄)≫과 아울러 궁정문학의 빼어난 작품으로 평가된다.

숙종 때 인현왕후와 희빈 장씨 사이의 총애받기를 서로 다투는 내용을 소재로 한 작품으로 조선조 궁중의 염정애사를 그린 내간체 문학이다. 숙종이 인현왕후를 폐위시키고 장희빈을 왕후로 세웠다가 다시 폐위시킨 뒤 인현왕후를 복귀시킬 때까지의 궁중의 비극을 역사적 사실에 입각하여 다룬 것으로 당시의 궁중의 암투가 생생히 나타나 있다.

인현왕후 민씨는 숙종의 비 인경왕후 김씨가 승하하자 그 계비로 책봉된 후 6년이 지나도록 태기가 없어 왕통을 근심하고 궁중의 비극이 싹튼다. 숙의를 후궁으로 맞이하지만 이미 왕의 총애를 받던 장씨가 아들(후의 경종)을 낳으며 온갖 권모술수로 인현왕후를 폐출시키고 자신이 왕후의 자리로 오른다.

이 작품은 궁중의 비사를 주로 한 것이기 때문에 궁중소설이라고 칭해지고 있다. 조선시대의 우아한 궁중어를 사용하여 과장이나 생략 없이 이야기를 전개시킨 빼어난 작품으로 ≪서궁록(西宮錄)≫, ≪한중록(恨中錄)≫, ≪계축일기(癸丑日記)≫등과 함께 우수한 궁중문학으로 평가된다.

작품 줄거리

인현왕후는 요조숙녀의 자질을 갖춘 이상적인 여인으로 왕후가 되어 양전 대비께 효양하고, 비빈 궁녀들을 잘 거느리어 조야가 다 존경하고 한없이 어진 분이었으나 자녀를 얻지 못하게 되자 스스로 궁녀 장씨를 천거하여 숙종으로 하여금 후사를 보게 하였다. 그 후 아들을 낳게 된 장씨는 자신의 소생으로 세자를 책봉하고자 하여 갖은 모략으로 민비를 폐출시키고 세자 책봉의 뜻을 이룬다. 그리고 자신도 정비(正妃)의 자리에 오르게 된다.

세월이 흐르고 장씨의 모진 인간성이 드러나고 숙종은 어진 민비를 폐출시킨 잘못을 뉘우치게 된다. 이에 다시 민비를 복위시킨다. 다시 뒷전으로 물러앉게 된 장희빈은 갖은 모략과 무술(巫術)로 민비를 해치려 밤낮없이 계책을 꾸민다.

6년 동안 폐서인 생활을 하였던 민비는 복위 후에도 건강을 되찾지 못한 채 7년 후 숙종이 매우 슬퍼하는 가운데 35세의 짧은 생애를 마감한다. 그 후 장희빈이 민비를 모해했던 일이 백일하에 드러나 사약을 받게 된다.

핵심정리

갈래:수필(소설체)

연대:미상(조선 정조 때로 추정)

구성:내간체

배경:조선 숙종때 장희빈의 쟁총에 희생된
　　　인현왕후의 비극적인 일생

주제:인현왕후의 교훈적인 행적

출전:인현왕후 성덕현행록

인현왕후전

조선조 숙종대왕의 계비(임금의 후비)이신 인현왕후 민씨의 본관은 여흥이고 병조판서 여양 부원군 둔촌 민유중(둔촌은 호)의 따님이며 영의정 우암 동춘 송선생의 외손이셨다.

어머니 되시는 송씨가 기이한 태몽을 꾸고 정미 사월 스무사흗날 탄생할 때 집 위에 서기가 일어나고 산실 안에 향기로운 냄새가 은은하여 부모들이 소중히 생각하여 집안 식구들에게 이런 말을 하지 못하게 하였다.

민씨가 장성해가면서 남달리 재주가 뛰어나고 용색이 찬란한 숙녀로 변하고 고금에 비할 데 없었다. 여공(여자들의 길쌈 솜씨)과 몸의 거동 하나하나가 민첩하기 이를

데 없어 마치 귀신이 돕는 듯하였으며 마음
씀이 언제나 한결같이 변함이 없고 숙연하
고 희로를 타인이 알지 못하며 무심무
념한 듯하고 성질이 부드럽고 성덕이
온화하여 효성이 남달리 뛰어나고 마
음 됨이 겸손하여 모든 면에서 뛰어났
다. 종일 단정히 앉아 있는 모습이 위연
한 화기가 봄볕과 같고 단엄침중(단정하고 엄숙하며 침
착하고 무게가 있음)하신 기상이 감히 우러러 뵙기 어렵
고 맑고 좋은 골격이 설중매와 같으며 높고 곧은 절개는
한청송백 같으니 부모와 집안 어른들이 사랑하고 소중
히 여기며 원근 친척이 다 기이함을 놀라고 탄복하여 어
릴 적부터 동경치 않는 이가 없어 그 이름이 세상에 널리
알려졌다.

　어느 해인가 세숫물 위에 붉은 무지개가 찬란하게 비
침을 보고 아버님 민공이 반드시 귀하게 될 줄 짐작하고
심중에 염려하여 범사 교훈함을 각별히 하였다. 둘째 아
버님 노봉(민정중의 호) 민선생이 경학에 통달하고 엄중

한 성품임에도 그를 지극히 사랑하여 자기의 자질보다 더 하니 너무 인물이 지나치게 훌륭하면 귀신이 시기를 하여 싫어하는 법이라 저 애가 과연 현명하고 아름다워 수명이 길지 못할까 근심이 되노라고 하셨다.

경신년(숙종 6년, 1680년)에 인경왕후 김씨께서 승하하시자 대왕대비(현종의 비 명성왕후)께서 곤위(왕후의 자리)가 비었음을 근심하여 간택하는 영을 내리시어 숙녀를 구하는데 청풍부원군(김우명. 현종의 장인) 김공이 후의 덕색을 익히 들어 알고 있어 대비께 아뢰고 영의정 송선생이 상전에 아뢰니 대비께서 크게 기뻐하였다.

길일이 이르러 민공이 위의를 갖추어 대례를 행하시니 이때 상감의 춘추 스물하나라, 좌우 신하들을 거느리고 별궁에 거동하여 옥상의 홍안을 전하고 후의 상교를 재촉하여 황금봉련을 친히 봉쇄하여 대내로 환궁하시니 모두가 세자빈 가례와 달라 대전기구라 용봉기치(용과 봉황을 수놓은 깃발)와 황금절월(금으로 만든 도끼)이며 만조백관이 시위하고 칠보단장한 궁인 시녀가 큰길을 덮어 십 리에 늘어서고 향취 은은하고 가는 통소 소리 전차

후옹(여러 사람이 앞뒤로 옹위하고 감)하였으니 그 웅장 화려함은 가히 짐작키 어려울 정도였다.

후께서 즉위 하신 뒤 두 분 전 대비마마를 효양하시며 하늘에 빼어난 효성 동동촉촉(공경하고 삼가서 매우 조심스러움)하시고, 상을 받들어 궁안을 다스리시며 덕으로써 인도하시고 유순하며 정정하고 비빈 궁녀를 거느리시며 은애가 병행하여 선악과 친소를 사이 두지 않으며 사람을 아끼고 사랑하는 화기가 봄 동산 같으시어 만물이 다시 살아나는 듯하고 예절과 법도기 엄숙하고 강직하시며 감히 우러러 뵙지 못하고 대궐 안에 있는 사람들이 모두 성덕을 존경하여 예도가 숙연하며 입궐하신 지 서너 달에 궐 안이 화기애애하니 두 분 대비께서 극진히 애중하시고 국가의 복이라 축수하며 상감께서도 공경중대하시며 조야가 모두 흠복하였다.

궁인 장씨가 비로소 후궁에 참예하여 희빈으로 봉하시니(숙종 15년) 간교하고 약삭빨라 임금님의 뜻에 잘 영합하니 상께서 극히 총애하시더니 무진년(숙종 14년) 정월 임금님의 춘추 삼십이 되셨건만 아들을 얻지 못함을 근심하자 후께서 조용히 상께 아뢰어 어진 후궁을 뽑으시어 자손 두심을 권하시니 상이 처음에는 허락지 않으시다 후께서 날마다 힘써 권하시니 드디어 숙의 김씨를 뽑아 후궁에 두시자 후께서 예로 대접하시고 은혜로 거느리시니 궁중이 그 덕을 외우고 선행을 일러 탄복치 않는 이가 없었다.

무진년 시월 희빈 장씨가 처음으로 왕자(후에 경종)를 탄생하니 상께서 지나치게 사랑하고 후도 크게 기뻐하여 어루만져 사랑하심은 당신이 낳으신 친자식과 같이 하였다. 장씨가 자기분수를 지키고 있었더라면 영화가 가득할 것이지만 방자한 마음이 불 일듯 하니 중궁의 성덕과 아름다움이 일국에 솟아나고 인심이 쏠림을 시기하여 남몰래 가만히 제거하고 대위를 엄습코자 하니 그 참람한 역심이 더하여 날마다 중궁전을 참소하기를 태어난 왕자를 독을 탄 술을 먹여 죽이려 한다느니, 희빈을 저주한다느니 하여 국모를 헐뜯고 모함하여, 간악한 후빈들을 모아 소문을 퍼뜨리고 자취를 드러내어 상이 보시고 들으시게 하여 예로부터 악인을 의롭지 않게 돕는 자가 있다는 그런 흔한 일이 일어난 것이었다.

중궁을 간해하는 말이 날이 지날수록 심해지자 상께서 점점 의심하여 중궁을 아주 박대하시고 장씨는 요악한 교태로 상감의 마음을 영합하며 왕자를 방패삼아 권세가 대단하니 상께서 점점 장씨의 사랑에 혹하여 능히 흑백을 광명하시던 성심이 아주 변감하여 어진 신하는 모두 물리치고 간신을 쓰니 조정이 그윽이 의심하고 후께서 깊이 근심하시고 장씨의 사람됨이 반드시 변괴를 낼 줄 알지만 왕자의 당당한 기상이 있는지라 깊이 생각하시고 만행히(아주 다행히) 여기사 사색(말과 얼굴빛)을 나타내지 아니하고 갈수록 숙덕성을 행하시더니 이듬해 정묘년 숙종 13년에 여양부원군이 돌아가시자 후께서 망극 애통하시어 장례를 지내시되 육찬과 맛있는 음식을 가까이 아니하시고 애절하게 슬퍼하심을 마지아니하시되 상께선 이미 결정하신 뜻이 계신 고로 발설치 않으시나 민간에 소문이 중궁을 폐위하신다 하더니 이해 사월 스무사흗날은 중궁전 탄일이라, 여러 궁과 내수사에서 단자를 드리니 상께서 단자를 내치시고 음식을 모두 물리치시며 대신과 2품 이상의 신하들을 인견하신 자리에서 폐비함을 전교하시니 좌승지 이이만이 불가함을 간하자 상께서 크게 노하여 이이만을 파직하고 또 이만원이 상께서 실조하심을 간하니 상께선 더욱더 노여워하시어 대신, 중신 사십여 인을 먼 고을로 정배하고 또 비망기를 내리니 조정이 깜짝 놀라 일시에 정청(정사를 보는 곳)을 배설(차려놓음)하고 다투는 체하나 실정은 아니었다. 간신의 간언이 방성하여 상의 뜻에 영합하고 후궁의 간사한 기운이 상의 총명을 가리니 양과 같이 선량한 충신의 간언이 어찌 효험이 있으랴.

이때에 응교(홍문관, 예문관 소속의 정4품 벼슬) 박태보가 모든 서리들에게 사발통문을 놓아 한가지로 상소할 때에 상께서 상소문을 보시고 크게 노하시어 특지로서 추국하시고 횃불이 궐내에 가득하고 내외에 떠들썩

하고 소리가 진동하였다. 상께서 어좌에 앉으시어 크게 소리 지르고 응교더러 일러 말씀하시기를,

"내 네놈을 자식처럼 어여삐 여긴지 오래거든 네 갈수록 이렇듯이 하는고? 전부터 나를 범하여 독살을 부리니 괘씸하게 여기면서도 여태껏 모른 체했으나 이제는 죽는 줄 알라. 이제 나를 배반하고 간악한 부인을 위하여 무슨 뜻을 받아 간특 흉악한 노릇을 하는가?"

응교가 엎드려 정색하여 아뢰기를,

"전하, 어이 이런 말씀을 차마 하시나이까? 군신 부자 일체라 하오니 아비 성품이 과하여 애매한 어미를 내치고자 하면 자식이 어이 살고 싶은 뜻이 있겠습니까? 이제 전하께서 무고한 처사를 하시니 곤위 장차 편안치 못하시게 되오니 의신이 망극하여 오늘날 죽음을 청하여 상소를 드리오니 어찌 전하를 반하여 올 뜻이 있으오리까? 중궁을 위해 온 일이 전하를 위하여 온 일이오니, 전하를 모셔온 중궁이 아니시나이까?"

상께서 더욱 노여워하시어 이르시기를,

"급급 결박하라. 네 갈수록 나를 욕하는도다. 내 우선

형문을 치려니와 압슬(죄인을 움직이지 못하게
하고 무릎 위를 압슬기로 누르거나 무거운 돌
을 올려놓던 일) 화형 기구를 차려라."

형문 두 체 맞았는데 첫 체에 헤이지
않은 것이 여 네 번이요. 둘째 체에 헤이
지 않은 것이 아홉이니 모두 합하면 세 체를 맞은 꼴이
되며, 살이 미어지고 핏방울이 튀어 바지에 잠겨 손으로
짜게 되었건만 응교는 아픈 사색을 아니 하였다.

상께서 이르시기를

"급히 압슬하라."

하시므로 응교 대답하여 아뢰되,

"의신은 오늘날 죽음을 정하였거니와 전하께서 일을
이렇듯이 하시니 후일 망국지주 되실 것이니 그를 서러
워 하나이다."

상께서 명하시기를,

"잔말 말고 압슬하라."

압슬 기구를 차려 그날 즉시 압슬할 새, 널을 놓고 자
갈을 가득히 널 위에 깔고 형문 맞은 다리를 그 위에 앉

히고 그 위에 자갈 모은 것 두 섬을 붓고 다리를 못 드는 데를 좌우로 푹푹 막대기로 쑤시고 그 널을 위에 덮고 상 하머리를 잔뜩 졸라맨 건장한 나졸이 한 머리에 셋 씩 올라서서 질근질근하는 소리, 소리치며 널뛰듯 발을 굴러 비비기를 한 채에 열세 번씩 하여, 속이지 말고 바른대로 아뢰어라 일시에 소리 지르니 응교는 더욱 안색을 동하지 않고 한 번도 앓는 소리를 내지 않으니 상께서 더욱 크게 노하시어

"저놈이 지독하게 독살을 부리니 바삐 화형을 행하라."

"의신이 듣자오니 압슬, 화형은 역적 물으실 적에 쓰는 형벌이라 하오니 의신이 무슨 역적의 죄가 있습니까?"

"너의 죄는 역적보다 더하니라."

화형을 여러 차례 하니 다리가 다 벗어지고 힘줄이 오그라져 보기에 참혹한 터이라 상감께서 오래 보심을 아니꼽게 여기어 이에 대전으로 들어가시며,

"절도에 위리안치하라는 어명을 내리신다.

이때 후께서는 부원군 상을 당한 뒤 지나치게 애통해하신 나머지 옥체 종종 편찮으시더니 좌우에 모시고 있

는 상궁이 이 말씀을 듣고 대성통곡하여 빨리 들어와 후께 아뢰니, 후께서 하나도 안색을 변치 않으신 채 크게 탄식하여 이르기를,

"또한 천수로다, 누구를 원망하리요, 그대들은 언행을 조심하여 어명을 받들도록 하라."

하시고 조금도 마음에 흔들림이 없으셨다. 명안공주께서 이 변을 들으시고 여러 고모 대장공주와 함께 크게 놀라 상께 조현하고 후의 숙덕선행과 참언이 간사한 것이라 밝히고 대왕대비께서 사랑하시던 바를 주하여 눈물이 좌석에 떨어지고 간언이 지극하고 통언이 격렬하나 상께서 통 불윤하시어 공주들이 탄식하고 물러 나오는 수밖에 없더라.

공주들이 후를 뵙고 오열 비탄하여 옷을 잡고 흐느껴

우시며 능히 말씀을 이루지 못하니 후께서 위로하여 말
씀하시기를,

"화와 복이 하늘의 뜻에 달려 있으니 나의 복이 없고
천한 탓인즉 다만 어명대로 받들어 모실 따름이라, 누구
를 원망하리오마는 공주 이렇게 깊이 생각하여 주시니
은혜 잊을 길이 없소이다."

공주 그 덕망을 새삼 탄복하고 부운이 잠시 성총을 가
렸으나 성상이 현명하오시니 오래지 않아 깨달으시고 뉘
우치실 바를 일컬으시고 후를 붙들고 눈물이 비 오듯 하
니 무수한 궁녀가 다 울고 차마 떠나지 못하더니 이튿날
감찰 상궁이 상명을 받자와 침전에 이르러 중궁께 하는
전교를 아뢰니 후께서 천연히 일어나서 예복을 벗고 관
과 비녀를 끄르시고 중계로 내려오셔 전교를 듣잡고 즉
시 대내를 떠나 나오실 새 궁중이 통곡하여 곡성이 낭자
하였다.

이때 선비 오십여 명이 요금문 앞에 대령하였고 백여
명은 구화문 앞에 엎디어 상소를 드리고 호읍하더니 후
의 출궁하심을 보고 대경 망극하여 미처 신을 신지 못한

채 버선발로 따라와 모여 일시에 방성대곡하니 선비 이백여 명은 안국동 본곁 문밖까지 따라와 우니 천지가 진동하고 백성들은 남녀노소 할 것 없이 길을 막고 통곡하여 각 전시정(가게를 차리고 물건을 파는 사람)이 다 저자를 파하고 서러워하니 초목검수가 다 서러워 수심 띤 구름이 하늘에 가득하고 일색이 빛을 잃더라.

후께서 본가로 나오시니 부부인이 마주 나오시어 붙들고 통곡하시니 후도 부원군 옛 자취를 느끼어 애원통곡하시고 이윽고 부부인께 고하여 이르시되,

"죄인의 몸으로 친족을 보니 안연치 못할 것이니 나가소서."

하고 권하시니 부인과 다른 부인네들도 통곡하여 마지못해 나가신 후, 당일로 명하여 안팎 문들을 모두 봉쇄하고 본가의 비복들은 한 사람도 두지 않으시고 다만 궁녀만 두시고 정당을 폐하시고 아래채에 거처하시니 궁녀들은 본가에서 들어간 궁인이요 삼인은 궐내의 궁인

으로서 죽기를 무릅쓰고 나온지라, 후께서 이르기를 궁녀 시녀라 거느릴 수 없으니 돌아가라 하나 죽기를 각오하고 떠날 수 없다 하니 후께서 그 정성에 감동하시어 그냥 내버려두시니 집은 크고 사람은 적어 각방이 다 비어서 봉쇄하고 휘휘 고적하여 인적이 끊겼으니 금궐옥전의 번화부귀만을 보아오다가 슬프고 한심함을 이기지 못해 서로 대하여 탄읍하며 흐느껴 울다가 후의 천연정숙하신 양을 뵈오면 감히 슬픈 사색을 내지 못하곤 하더라.

추칠월이 지나도록 창호와 사벽을 바르지 않으시고 넓은 동산과 집의 풀을 매게 아니 하니 사람 한길만큼 자라 인적이 끊겼으나 귀신과 망령이 날이 저물면 예사 사람과 같이 다니니 궁인이 움직이지 못하고 두려워하더니, 하루는 난데없는 큰 개 한 마리가 들어오니 모양이 추한지라 궁인들이 쫓되 또 들어오고 다시 쫓으니 또 들어오니 후께서 이르시기를,

"그 개가 출처 없이 들어와 쫓아도 가지 않으니 괴이한지라 내버려두어 그 하는 양을 보아라."

하시자 궁인들이 밥을 먹이며 두었더니 십여 일 뒤 새

끼 셋을 낳으니 가장 크고 모진지라, 이후는 날이 저물어 망령의 불과 도깨비의 자취 있으면 네 마리의 개가 함께 짖으니 잡귀 급히 물러나가 종적을 감추니 그로 인하여 집안이 편안한 지라, 무지한 짐승도 도움이 있거든 하물며 신민을 잊으랴만 후 폐출하신 뒤로 조정에선 기뻐하는 소인이 많으니 도리어 금수만 못하리로다.

이보다 앞서 상께서 민후를 폐출하시고 희빈 장씨를 왕비로 책봉하여 곤위에 오르게 되어 궁중이 조하를 받게 하니 궁내에 있는 모든 사람들이 궁중이 이렇듯이 됨을 서러워하고 장씨의 참혹한 처사를 분하게 생각하되 조정안에 어진 사람이 없으니 누가 감히 말을 하리오. 그윽이 원분을 품고 눈물을 머금고 조하를 마치니 희빈의 아비로 옥산부원군을 봉하고 빈의 오라비 장희재로 훈련대장을 시키니 나라 백성들이 모두 한심하게 여기고 기강이 흩어져 팔도의 인심이 산란하여 별별 소문이 다 도니, 대개 예로부터 성제명왕이라도 한번은 참소하는 말을 귀담아 듣기가 쉬운 법이거니와 숙종대왕과 같은 문무를 겸하신 어진 임금으로도 장씨에게 이다지 하사 국가의 체면을 손상하심은 실로 뜻밖의 일이 아닐 수 없더라.

이듬해 경오년(숙종 16년, 1690년)에 장씨의 생자로서 왕세자를 책봉하시니 장씨 양양자득하여 방약무인하니, 이러므로 발악을 일삼아 비빈을 절제하고 궁녀를 엄형하며 포악한 말과 교만한 행실은 말로 다할 수 없더라. 궁중에 기강이 없어지고 원망이 하늘을 찌르는 터라 장희재 욕심이 많고 고약하여 팔도에서 재물을 긁어들이나 말할 이가 아무도 없더라.

이렇듯 삼사 년이 지나니 천운이 순환하여 흥진비래에 고진감래라, 부운이 점점 걷히매 태양이 다시 밝아오니 성총이 깨달음이 계시어 민후의 억울하심을 알고 장희빈이 요음간악함을 깨치시어 의심이 가득하시니 대하시는 기색이 전과 다르시고, 서인들이 후의 삼촌 숙질을 다 처벌하시라고 날마다 아뢰기를 수년에 이르렀으되 상감께서 마침내 불윤하시니 이러므로써 민씨 일문이 보존되었더라.

장씨 적이 상감님의 뜻을 헤아리고 크게 두려워서 오라비 희재로 더불어 꾀하여 갑술년(숙종 20년, 1694년)에 묵은 옥사(숙종 6년 경술에, 당시 영상인 허적의 서자 허견이 복선군을 끼고 역모한다고 서인 김석주, 김만기 등이 고발하여 남인 일파를 몰아낸 사건. 경신출척)를 다시 일으켜 어진 이를 다 죽이고 폐비에게 사약하려고 하니 변이 크게 나매 상께서 짐짓 그 하는 양을 보시고 궁중기색을 살피사 망연히 간인의 흉모를 깨달으시어 즉일에 당각의 국유를 뒤치시니, 간사한 신하들을 다 물리치시고 옛 신하들을 불러 쓰실 새 갑술년 삼월에 대전별감(임금을 직접 모시는 직책으로 궁중의 액정서에 소속됨)이 세 번이나 안국동 본가를 둘러보고 들어가더니 사월 초아흐렛날에 비망기를 내리시어 폐하신 중궁의 무죄하심을 밝히시고 별궁으로 모시라 하시고, 어찰을 내리어 상궁별감과 중사를 보내시니 후께서 사양하여 이르기를,

"죄인이 어찌 외인을 인접하여 감히 어찰을 받으리오."

하시고 문을 열지 않으시고 연 삼일을 별감이 문밖에서 밤을 새우고 문 열어주시기를 청하되 마침내 요동치 않으시니 이대로 복명하니 상께서 어렵게 여기시고 또한 답답하시어 예조당상으로 문 열기를 청하게 하나 종시 허락지 않으시니 예조와 승지, 국체가 그렇지 않음을 아뢰되 듣지 아니하시는 고로 상께서 민부에 엄지를 내리시어,

"이는 임금을 원망하는 일이라, 빨리 문을 열게 하라."

하시니 민부에서 황공하여서 간을 올려 수 없이 간하되 종시 열지 않으시는 고로 또 수일 후에 이품 벼슬하는 신하를 보내어

"문을 여소서"

하니 중신이 말씀을 아뢰되 사체 그리 못하실 줄로 누누이 밝히고 개문을 청하니, 후 궁녀를 시켜 전하여 이르시기를,

"죄인이 천은을 입어 일명이 살았을즉 이 집이 죄인의

뼈를 감출 곳이라, 어찌 국명을 받자오며 번화히 사람을 인접하리오. 사명이 여러 번 내리시니 더욱 불안하여이다."

사관이 절하여 명을 받잡고 재삼 간청하여 민부에 두 번 엄지를 내리시니 큰 오라버님 되시는 판서 민공이 황송하여 후께 간절히 권하니 겨우,

"바깥문만 열라."

하시고, 사월 스무하룻날에야 비로소 대문을 여니 초목이 무성하여 사람의 키와 같은지라, 상명으로 발군 풀을 베며 들어가니 풀 이끼 섬돌위에 가득하고 먼지와 창호를 분별치 못하니 사관이 탄식하여 눈물을 흘리더라.

상께서 입궁 택일하라 하시니 사월 스무이렛날로 아뢰니 상께서 명관중사를 보내어 입궐하심을 전하시니 후께서 크게 놀라 사양하시며 이르시되,

"천은이 망극하여 천일을 보고 부모와 동생을 만나보게 된 것도 바랄 수 없던 노릇이려니와 어찌 감히 궐내에 들어가 천안을 봐오리오."

굳이 사양하시고 예물을 받지 않으시니 상께서 엄지

를 민부에 내리시고 대신이며 중신들이 문밖에 청대하고 어찰을 하루에 사오 차씩 내리시자 후께서 그윽이 마지못해 예복을 입으시고 입내하실 새, 작은 오라버님 민정자의 딸이 여덟 살에 들어와 이미 열세 살이 되니 후의 가르치심을 받아 언어행동과 성품이 아름다운고로 차마 떠나지 못하고 손을 잡고 우시니 민 소저 또한 음읍하여 굳이 참지 못하는지라, 좌우가 다 눈물을 뿌려 위로하는 것이더라.

황금채련을 드리니 물리치시고 교자를 들이라 하시니 상께서 듣지 않으시리라 하고 사관이 청대하고 모든 일가들이 떠들어 권하니 마지못하여 연에 드시고 사람들이 대로를 덮고 칠보단장한 궁녀 벌여 섰고 각 군문대장이 수천을 거느려 호위하고 대신과 백성이 시위하여 입궐하니 예의규모 존중하여 복위하실 줄 알아 향취 옹비하고 광채 찬란하며 천기 화창하여 혜풍이 일어나고 상운이 하늘에 가득하니 장안 백성이 영락하여 즐겨 뛰놀고, 한편 옛일을 생각하고 눈물을 흘리며 향년에 가마에 흰 보 덮어 나오실 때 궁인과 선비 통곡하여 따라가던 일

을 생각하며 어찌 오늘날이 있을 줄
알았으리요. 이는 전혀 민후의 원
여와 덕망으로 덕을 본디 깊이
쓰시고 고초 중 처신을 아름답
게 하여 천의를 감동하심이라 여
러 부인네들 기쁘고 한편 슬퍼 혹 울
고 혹 웃더라. 상께서 한편 반기시나 옛일
을 생각하시고 감창하심을 이기지 못하여 봉안에 눈물
을 흘리시며 용포 소매를 적시니 좌우 대신들이 일시에
눈물을 흘려 우러러 뵈옵지 못하더라.

　이때에 희빈이 오래도록 대위를 차지하여 천만세나 누
릴 줄 알았다가 흔연히 상감께서 일각에 변하여 국유를
뒤엎고 폐후께 상명이 연락하여 즉일 복위하셔서 들어
오심을 듣고 청천벽력이 일신을 분쇄하는 듯 놀랍고 앙
앙 분통함이 흉중에 일천 잔나비 뛰노는 듯하니 스스로
분을 이기지 못하여 시녀에게 전하여 말하기를,

　"내 오히려 곤위에 있거늘 폐비 민씨 어찌 문안을 아
니 하느냐? 크게 실례하여 방자함이 심하도다."

궁녀 이 말 아뢰니 후께서 어이없어 못 들으시는 듯 사기 태연하시고 안색이 정정하여 답언이 없으시니, 이때 상께서 후와 더불어 나란히 앉아 계시다가 후의 기색을 살피시고 지난날이 다 맹랑하여 스스로 혼암함을 부끄럽게 여기시고 장씨의 방자함을 통탄하여 즉시 외전에 나오셔서 그날로 전지하사 후를 복위하시고 여양부원군을 복관작하시고 후의 삼촌 좌의정이 벽동 적소에서 졸하신 고로 복관작 추증하시고 그 자손에게 옛 벼슬을 주시고 새 벼슬을 높이시며 장씨 아비는 삭탈관직하시고 빈의 옥책을 깨치시고 장희재를 제주 안치하라 하시고 내시에게 전교하여 빈을 소당으로 내리고 큰 전각을 수리하라 하시니 궁인과 중시가 전지를 전하고 바삐 내리라 하니 장씨 대로하여 고성대질하여 말하되,

"내 만민의 어미요 세자 있거늘 어찌 너희가 무례히 굴리오. 내 부득이 폐비의 절을 받고 말리라."

하고 악독을 이기지 못해 세자를 난타하니 상께서 들으시고 친히 납시니 바야흐로 장씨 수라를 받았더니 상감을 뵈옵고 독악이 요동하여 얼굴이 붉으락푸르락하여

말하기를,

　　"하루라도 내 위에 있거늘 폐

　　비 문안을 안 하며 내 무슨 죄로

하당에 내리라 하시나이까?"

　상께서 용안이 진노하여 이르시기를,

　"어찌 감히 문안을 받으며 또 어찌 이 자리를 길게 누

리리오."

　장씨 문득 밥상을 박차고 발악하여 말하되,

　"세자 있으니 내 어찌 이 자리를 못 가지리오. 내려도

기어이 민씨의 절을 받고 내리리라."

　수라상을 산산이 헤쳐 방안에 흩어지니 좌우가 악착

한 담을 어이없이 여기고 상께서 해연대로 하시어.

　"빨리 장씨를 끌어내리라."

　하시니 궁중이 다 절분하던 차상의 뜻을 알고 황황히

달려들어 장씨를 끌어 업고 총총히 단에 내려 소당으로

가니 장씨 발악하며 중궁전을 욕설하여 마지않으니 상

께서 즉시에 내치시고 싶으나 전후의 일이 너무 편벽하

고 세자의 낯을 보아 내버려 두시니라.

다시 길일을 택하여 예의를 갖추어 후를
청하여 곤위에 오르시게 하니 후께서 세
번 사양하시다가 마지못하여 법복을 갖
추시고 곤위에 오르신 후 상에 내려 상
께 사은하시니 법도가 숙연하시고 광
채 찬란하여 전보다 배승하시더라.

희빈의 간악함은 그지없으나 세자
의 안면을 보아 희빈을 존봉하시고 궐내 취선당에 거처
케 하시니 제 죄를 짐작하고 지극히 감격할 바로되 장씨
외람히 곤위에 있어 일국이 추존하고 상총이 온전하다
가 졸지에 폐출하여 희빈으로 내리니 앙앙 분노하고 화
심이 대발하여 전혀 원심이 곤전에 돌아가니, 불순한 언
사 포악하고 화를 이기지 못하여 세자를 볼 적마다 무수
히 난타하여 마침내 골병이 드니 상께서 대로하시어 세
자를 영숙궁에 가지 못하게 하시고 정전에서 놀게 하시
니 세자 이따금 아뢰기를,

"어이 어미를 보지 못하게 하시나이까?"

하고 눈물을 흘리니 상께서 위로하여 중전 슬하에 두

시니 후께서 심히 사랑하시는 고로 세자 제 어미를 더 이
상 생각지 않으시더라.

장씨는 요사스런 무녀와 흉악한 술사를 얻어 주야로
모의하여 영숙궁 서편에 신당을 배설하고 각색 비단으
로 흉악한 귀신을 만들어 앉히고 후의 성씨와 생월생시
를 써서 축사를 만들어 걸고 궁녀에게 화살을 주어 하루
세 번씩 쏘아 종이가 해지면 비단으로 염을 하여 중전 시
체라 하고 못가에 묻고 또 다른 화상을 걸고 쏘아, 이러
한 지 삼년이 되나 후의 신상이 반석 같으시니 더욱 앙앙
한데 희재의 첩 숙정은 창녀로 요악한 자라 죄가 극심하
여 정실을 모살하고 정처가 되었더니 장씨 청하여 의논
하니 이는 유유상종이라, 궁흉극악한 저주 방정을 다하
여 흉한 해골을 얻어 들여 오색비단으로 요귀 사귀를 만
들어 밤중에 정궁 북벽 섬돌 아래 가만히 묻고 또 채단으
로 중전의 옷 일습을 지어서 해골을 가루로 만들어 솜에
뿌려 두었으니 누구라 그런 흉모를 알았으리요. 옷 사이
와 실마다 극악이 방자를 하여 거짓 공손한 체하고 편지
하여 중전께 드리니 간곡하신 말씀으로 그 정성을 위로

하시고 받지 않으시거늘 하릴없어 기
회를 얻으려고 두고 날마다 신당 축
원과 요술 방정이 천만 가지로 그칠
적이 없으나, 이른바 사불범정이
요 요불승덕이라 하였으되, 예로
부터 손빈이 방연을 해하였는고로 액운이 불행한 때를
당하여 요얼이 침노하니 중전께서는 경진년(숙종 26년,
1700년) 중추부터 홀연히 옥체 편찮으시어, 각별히 극중
하심도 없고 때때로 한열이 왕래하고 야반이면 골절을
진통하시다가는 평시와 같은 때도 있고 진뢰 무상하신
것이더라.

궁중이 크게 근심하고 상께서 깊이 염려하여 민공 등
을 내전으로 인격하시어 병증을 이르시고 치료하심을 극
진히 하시되 조금도 효험이 없고, 겨울을 지내고 다음해
봄이 되니 후의 백설 같은 기부가 많이 손색되시어 때때
로 누른 진이 엉기었다가 없어졌다가 하니 의사들이 다
병을 측량치 못하더라.

상께서 전일에 심히 상하신 마음으로 하여 고질이 되

심인가 하여 더욱 뉘우치시고 애달파하시며 후의 기상이 너무 맑고 빼어나시니 행여 단수하실까 염려하여 용침이 능히 편치 못하시니 후께서 불안하여 매양 아픈 것을 굳이 나타내지 않으시고는 하더라.

장씨 후의 이러하신 줄 알고 요행이 여겨 못된 짓 더욱 더 하니 여름 사월에 후의 탄일이 되시니 상감께서 하교하사 대연을 배설하시어 민씨 일가 부인네를 모아 즐기게 하시니 이는 후의 병환이 진퇴 무상하심에 여한이 없게 하고자 하심에서더라.

후께서 장씨가 보낸 옷을 비록 입지는 않았으나 전중에 두었는지라 요얼이 밖으로부터 침노하고 또 방안에 살기가 성하니 이해 오월부터는 병환이 중하게 되시어 옥체를 가누시지 못하시니 민공 형제 척연 감읍하여 지성으로 치료하며 의관을 밖에서 등대하고 안에서 백 가지로 다스리되 추호도 효험이 없고 점점 더하시니 이는 신상으로 솟아나신 병환이 아니라 사질이 왕성하고 저주의 독이 골수에 스몄거늘 백초의 물로 어찌 제어할 수 있었으랴!

낮이면 맑은 정신이 계셨다가도 밤마다 더욱 중하시어 잠꼬대를 무수히 하시고 증세 괴이하나 능히 그 연유를 알지 못하니 칠월에 별증을 얻어 위독하심에 명이 조석에 달려 있는지라 일궁이 진동하고 조야가 망극하여 천신께 빌며 북두칠성 제를 올리되 세자께서 친히 임하시니 이토록 그 정성이 아니 미친 곳이 없으나 병환은 더욱 중해지실 뿐인지라 상께서 침식을 폐하시고 근심하여 용안이 초췌하시니 후 미력하신 경황 중에서도 몹시 염려하여 위로하시더라.

후 스스로 회춘하지 못하실 줄 아시고 의녀를 물리치시고 의약을 들지 않으시며 좌우 사랑하던 시녀를 돌아보며 이르시기를,

"내 이제 살지 못하리니 너희들 지성을 무엇으로 갚으리? 너희들은 내 삼년상 후에 각각 돌아가 부모 형제들을 보며 인륜을 갖추고 살다가 죽어 지하에서 모이기를 기약하자."

좌우 천만뜻밖의 하교를 듣고 망극하여 일시에 낯을 가려 체읍하고 눈물이 쏟아져 목이 메어 능히 대답을 못

하더라.

후께서 명하여 전각을 소쇄(먼지를 쓸고 물을 뿌림)하고 향을 피우고 궁인에게 붙들려 세수를 정히 하시고 양치질을 하시고 새 옷과 새 금침을 갈아입으시고 궁녀를 시켜 상을 청하시니 상께서 들어오시고 후께서 의상을 정돈하시고 좌우로 붙들려 앉아 계심에 궁인들이 다 망극하여 슬픈 빛이더라.

상감께서 당황하신 후 곁에 가까이 다가앉으시며 이르시기를,

"어이 이렇듯 몸조리를 않으시느뇨?"

후께서 문득 옥루를 흘리며 아뢰기를,

"신이 곤위에 있어 성상의 천은으로 영복이 극진하오니 한하올 바 없으나 다만 슬하에 골육이 없어 그림자 외롭고 성상의 큰 은혜를 만분지일도 갚지 못하고 오히려 천심을 손상하시게 하고 오늘날 영원히 결별을 고하니 구천지하에서도 눈을 감지 못하오니 원하옵건대 성상께서는 박명한 첩을 생각지 마시고 백세안강 하소서."

상께서 크게 서러워 용루를 흘리며 이르시기를,

"후께서 어찌 이런 불길한 말씀을 하시느뇨?"

하시고 말씀을 능히 이루지 못하고 용포 소매가 젖으시니 후께서 정신이 황란하시나 어찌 상의 슬퍼하심을 모르시리요. 눈물을 흘리시고 길게 한숨 지며 말씀하시기를,

"성상은 옥체를 보중하사 돌아가는 첩의 마음을 평안케 하시고 만민의 폐를 덜으소서."

세자와 왕자를 어루만지시고 후궁과 비빈을 나오라 하여 말하기를,

"내 명운이 불행하여 육 년 고초를 겪고 다시 성은이 망극하여 곤위에 올라 세자와 왕자와 더불어 조용히 여생을 마칠까 하였더니 오늘날 돌아가니 어찌 명박하지 않으리오? 그대들은 나의 박명을 본받지 말고 성상을 모셔 만수무강하라."

연잉군(영조대왕의 처음 책봉된 이름)이 이때 팔 세시니 손을 잡고 서러워하여 말씀하시기를,

"이 애 영특하여 내 극히 사랑하였더니 그 장성함을 보

지 못하니 한이로다."

하시고 비빈을 물러가게 하시고 오라버님 내외와 조카네 사촌들을 인견하여 오열 비창하심을 금치 못하시니 민공 등이 배복 오열하여 능히 말을 못하는지라, 상께서 이 거동을 보시고 천심이 미어지고 꺾어지는 듯 차마 보지 못하시더라.

좌우에서 미음을 올리니 상께서 친히 받아 용루를 머금고 권하시니 후께서 크게 탄식하시고 두어 번 마시고 상께서 친히 부축하여 베개를 바로 누이시더니 이윽고 창경궁 경춘전에서 엄연 승하하시니 신사년(숙종 27년) 추팔월 열나흗날 사시요 복위하신 지 팔년이요 춘추 삼십오 세시더라.

궁중에 곡성이 진동하여 귀신이 다 우는 듯 궁녀 서로 머리를 맞대어 망망히 따르고자 하니 하물며 상께서도 과도히 슬퍼하며 손으로 난간을 두드리며 하늘을 우러러 방성통곡하시니 용안에 두 줄기 눈물이 비 오듯 하사 용포가 마치 물을 부은 것같이 젖었으니 궁중이 차마 우러러 뵙지 못하였더라.

선달 초여드렛날로 장례일을 정하시니, 오 슬프다, 사람의 수명은 인력으로 못한들 후의 현철성덕으로도 마침내 무자하시고 단수하심이 더욱 간인의 참화를 입으시니 어찌 순탄한 일생을 누리셨다고 하오랴마는 어진 사람도 복을 누리지 못하거든 하물며 악인이 종시 안향함을 얻을 수 있으리오.

장희빈이 후를 중궁전이라 아니 하고 민씨라고 부르며 중궁 이야기를 할 양이면 말머리에 반드시 이를 갈며 잡귀 요괴로 이 세상에 용납지 못하리라 하고 날마다 무녀와 술사를 시켜 축원하더니 마침께 후께서 승하하시자 크게 기뻐하여 두 손 모아 하늘에 빌고 이수가 애애하여 양양자득하고 신당을 즉시 없앨 것이로되 여러 해 동안 위하였으니 갑자기 없애는 것이 세자와 빈에게 해롭다 하고 무녀와 술사들이 상의하여 구월 초이렛날 굿하고 파하려고 그대로 두었더니 이 또한 제 인력으로 못할 일이었던가 하더라.

이때 상께서 왕비를 생각하시고 모든 후궁을 찾지 않

으시고 지나치게 슬퍼하고 조석으로 애통하며 용안이 초췌하시니 제신들이 간유하온즉 상께서 초연히 탄식하시며 말씀하시기를,

"과인이 부부지정으로 슬퍼함이 아니라 그 덕을 생각하고 성품을 잊지 못하여 서러워함이로다."

하시니 제신이 모두 감창해 마지않더라. 구월 초이렛날 석전(염습한 날로부터 장사 때까지 저녁마다 신위 앞에 제물을 올리는 의식)에 참례하시고 돌아오시니 추기는 서늘하고 초승달이 희미한데 귀뚜라미 소리조차 일어나 심사 더욱 처량하시어 촉을 대하여 눈물을 흘리시다가 안석을 의지하여 잠깐 조시니 비몽사몽간에 죽은 내시가 앞에 와서 아뢰되,

"궁중에 사악한 잡귀와 요귀가 성하여 중궁이 비명에 참화하시고 앞에 큰 화가 불일 듯할 것이니 바라옵건대 성상은 깊이 살피소서."

하고 손을 들어 취선당을 가리키며 상을 모시고 한곳

에 이르니 후의 혼전이라, 전중에 중궁이 시녀를 거느리시고 앉아 계신데 안색이 참담하사 애연히 통곡하시며 상께 고하여 말씀하시기를,

"신의 명이 비록 단명하오나 독한 병에 잠기어 올해 죽을 것이 아니로되 장녀가 천백 가지로 저주 방자하여 요얼의 해를 입어 비명횡사하니 장녀는 불공대천의 원수라, 원혼이 운간에 비겨 한을 품었으니 당당히 장녀의 목숨을 끊을 것이로되 성상께서 친히 분별하여 흑백을 가려 원수를 갚아 주심을 바라오며 요사를 없이하여야 궁내가 평안하리다."

상께서 크게 반기어 옷을 잡아 물으려 하시다가 놀라 깨달으시니 침상일몽이시라 좌우더러 때를 물으시니 초경이라, 이에 옥교를 타시고 위의를 다 떨으시고

"인적과 훤화를 내지 말라."

하시고 영숙궁으로 가시자 이궁에 행차하신 지 칠팔년 만이시라, 누가 상께서 행차하실 줄 알았으리요.

이날이 장희빈 생일이라, 숙정이 들어와 하례하고 중궁의 죽음을 치하하여 모든 궁인들이 공을 다투고 옛말

을 이르며 신당에서는 무녀 술사들이 촛불을 밝히고 설법하더니 부지불식간에 대전의 옥교 청사에 이르러 들어오시니 궁녀들이 놀라 급급히 일어나 맞아 어떻게 할 줄을 모르더라. 상께서 냉소하시고 멀리 살펴보시매 맞은편 당에 등촉이 조요하더니 다 끄고 괴괴한지라 의심이 동하사 몸을 일으켜 청사를 나오시니 맞은편에 병풍을 쳤거늘 치우라하시니 궁녀 황겁하였으되 할 수 없어 걷으니 벽상에 한 화상을 걸었는데 자세히 보시니 완연한 민후로 다름이 없는 터에 화살을 맞은 구멍이 무수하여 다 떨어졌는지라 물어 이르시기를,

"저것은 어인 것이냐?"

하시니 좌우 황황하여 아무 말도 못하거늘 장씨 내달아 고하기를,

"이는 중궁전 화상이라, 그 성덕을 감격하와 화상을 그려 두고 시시로 생각하나이다."

상께서 비로소 진노하사 이르시기를,

"후를 생각하여 그랬으면 저렇듯 화살 맞은 곳이 많느뇨?"

장씨가 대답하지 못하거늘 데리고 온 내관에게 명하여 촉을 잡히고서 편당에 가보시니 흉악한 신당이라 천노가 진첩하사 청사에 앉으시고 궁노를 불러 모든 궁녀를 다 잡아내어 단단히 결박하고 엄치하사 이르시기를,

"내 벌써부터 짐작하고 알았으니 궁중의 요악한 일을 추호라도 숨기면 경각에 죽이리라."

하시니 천노가 진첩하사 급한 뇌성 같고 엄하신 기운이 상설 같으시니 어찌 감히 숨기리오마는 그 중에 시영이 간악하여 처음으로 모르노라 하더니, 피육이 떨어지며 여러 시녀 일시에 응성주초하여 전후 사연을 역력히 다 아뢰니 상께서 새로이 모골이 송연하여 이르시기를,

"범을 길러 화를 받는다는 말이 과연 이번 일 같도다. 내 장녀를 내치지 않고 두었다가 큰 화를 자취하였으니 이도 불가사문어린국(이웃 나라에 소문이 퍼지게 할 수 없음)이라."

하시고 중외에 반포하시어,

"중궁이 비명원사하심과 장빈의 대
역부도와 흉모간악이 불가사문어린
국이라 모든 죄를 다스리고 죄인 장
희재를 급급 몽두나래하고 역률 죄인
숙정을 한가지로 모역한 유이니 정형
하라."

국청 죄인 철향은 형문 삼장에 문초하니 자백하여 말
하기를,

"을해년(숙종 21년)부터 신당을 배설하고 무녀 술사로
축원하여 중궁이 망하시고 장씨 복위하게 빌었으며 화
상을 걸고 쏘아 염하여 묻었나이다. 이 밖의 일은 시향
등이 알고 소인은 모르나이다."

시향을 엄문하시니 나이 이십삼 세라 복초 끝에 말하
기를,

"작은 동고리를 치마 속에 싸가지고 철향과 소인을 데
리고 황혼에 통명전 왼편 연못가 여러 곳에 묻고, 또 무
엇인지 봉한 것을 봉지봉지 만들어 상춘각 부중 섬돌 아
래 곳곳이 묻었으나 그 속에 든 것이 무엇인지는 모르옵

나이다.

　시영은 사십일 세라, 요악하나 감히 숨기지 못하여 복초하기를,

　"해골에 오색 비단옷을 입혀 중궁 생년, 생월, 생시를 써서 묻고 의복 지은 곳에 해골 가루를 솜에 뿌리고 또 해골을 싸서 염습하여 묻었다가 들여가니 중전이 받지 않으시더니 이듬해 탄일에 올리자 또 받지 않으시다가 춘궁전하의 낯을 보사 받으시니 축사와 요얼을 만든 것은 다 숙정의 조화로소이다."

　숙정을 국문하시니 주초 왈,

　"희빈 병환이 계시니 굿을 하겠다고 청하여 취선당에 들어가니 무녀술사를 시켜 중전 망하심을 축수하는데, 빈이 실정을 일러 모의하니 죽을 때라 동참하옵고 중전의 의대를 지은 것도 신이 하였고 해골은 희재의 청지기 철명이 얻어 들였나이다."

　그날로 죄인 십여 인을 군기시에서 능지처참하고 몇몇 궁인

과 마직은 멀리 귀양 보내시고 장빈을 본궁에 가두었더니 처지를 생각하실 새 경각에 부월로 참하시고 싶으되 부자는 오상의 대륜이라, 세자의 낯을 보지 않을 수 없어 중형을 못하시고 이르시되,

"장녀는 오형지참을 할 것이요 죄를 속이지 못할 바로되 세자의 정리를 생각하여 감소 감형하여 신체를 온전히 하여 한 그릇의 독약을 각별히 신칙하노라."

궁녀를 명하여 보내시며 전교하사,

"네 대역부도의 죄를 짓고 어찌 사약을 기다리리오. 빨리 죽임이 옳거늘 요악한 인물이 행여 살까 하고 안연히 천일을 보고 있으니 더욱 죽을 죄노라. 동궁의 낯을 보아 형체를 온전히 하여 죽임을 당함은 네게 영화라, 빨리 죽어 요괴로운 자취로 일시도 머무르지 말라."

장씨는 이때 온갖 죄상이 다 탄로 나서 일국만성이 떠들썩하되 조금도 두려워하는 빛과 부끄러워함도 없이 중궁을 모살한 것만이 쾌하고 세자의 형세를 믿고 설마 죽이기야 하랴, 두 눈이 말똥말똥하며 독살만 부리더니 약을 보고 고성발악하며,

"내 무슨 죄가 있어서 사약하리요. 구태여 나를 죽이려거든 내 아들을 먼저 죽이라."

하고 약그릇을 엎으며 궁녀를 호령하니 궁녀 위력으로 핍박하지 못하여 이대로 상달하니 상께서 진노하사,

"내 앞에서 죽일 것이로되 네 얼굴 보기 더러워 약을 보내니, 네 염치 있을진대 스스로 죽어 자식이 편하고 남의 손에 죽지 않음이 옳거늘 자식을 유세하여 뉘게 발악하느뇨? 이 약이 네게는 상인 줄로 알고 죄 위에 죄를 더하여 삼척지율을 받지 말라."

궁녀가 어명을 전하니 장씨 발을 구르며 손뼉을 치고 발악하여 말하기를,

"민씨 단명하여 죽었거늘 그 죽음이 내게 아랑곳이더냐? 너희들이 감히 나를 죽이며 후일 세자의 손에 살까 싶더냐."

불순 포악한 소리가 악착같으매 상께서 들으시고 분연하사 좌우에게,

"옥교를 가져오라."

하사, 타시고 영숙궁으로 친림하사 청사에 앉으시고

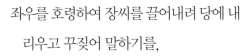

좌우를 호령하여 장씨를 끌어내려 당에 내
리우고 꾸짖어 말하기를,

"네 중궁을 모살하고 대역부도함이
천지에 당연하니 반드시 네 머리와 수
족을 베어 천하에 효시할 것으로되 자
식의 낯을 보아서 특은으로 경벌을 쓰
거늘, 갈수록 오만불손하여 죄 위에 죄를 짓느뇨?"

장씨 눈을 독하게 떠 천안을 우러러 뵈옵고 높은 소리
로 말하기를,

"민씨 내게 원망을 끼치어 형벌로 죽었거늘 내게 무슨
죄가 있으며, 전하께서 정치를 아니 밝히시니 임금의 도
리가 아니옵니다."

살기가 자못 등등하니 상께서 진노하사 용안을 치켜
뜨시고 소매를 거두시며 뇌성같이 이르시기를,

"천고에 저런 요악한 년이 또 어디 있으리오. 빨리 약
을 먹이라."

장씨, 손으로 궁녀를 치고 몸을 뒤틀며 발악하여 말하
기를,

"세자와 함께 죽이라. 내 무슨 죄가 있느뇨?"

상께서 더욱 노하시어 좌우에게

"붙들고 먹이라."

하시니 여러 궁녀 황황히 달려들어 팔을 잡고 허리를 안고 먹이려 하니, 입을 다물고 뿌리치니 상께서 내려 보시고 더욱 대로하사 분연히 일어나시며 막대로 입을 벌리고 부어라 하시니 여러 궁녀 숟가락총으로 입을 벌리는지라, 장씨 이에는 위급한지라 실성 애통하여 말하되,

"전하, 내 죄를 보지 마시고 옛날 정과 자식의 낯을 보아서 목숨만은 용서해 주옵소서."

상께서 들은 체도 안 하고 먹이기를 재촉하시자 장씨는 공교한 말로 눈물을 비같이 흘리며 상을 우러러 뵈오며 참연히 빌며 말하기를,

"이 약을 먹여 죽이려 하시거든 자식이나 보아 구천의 한이 없게 하여 주소서."

간악한 소리로 슬피 우니 요악한 정리는 사람의 심장을 녹이고 처량한 소리는 차마 듣지 못할 것 같으니 좌우 도리어 불쌍한 마음이 있으되 상께서 조금도 측은한 마

음이 아니 계시고,

　"빨리 먹이라."

　하여 연이어 세 그릇을 부으니
경각에 한번 크게 소리를 지르고
섬돌 아래로 고꾸라져 유혈이 샘
솟듯 하니 한 그릇의 약으로도 오장이 다 녹거든 하물며
세 그릇을 함께 부었으니 경각에 칠규(얼굴에 있는 귀,
눈, 코 각 두 구멍과 입 한 구멍을 말함)로 검은 피가 솟
아나 땅에 괴니, 슬프다, 여러 인명이 모두 검하에 죽게
되니 하늘이 어찌 앙화를 내리시지 않으리오.

　상께서 그 죽은 모습을 보시고 외전으로 나오시며,

　"신체를 궁 밖으로 내라."

　"장씨의 죄악이 중하여 왕법을 행하였으나 자식은 모
자지정이라 세자의 정리를 보아 초초히 예장하라."

　하시고, 장희재를 극형에 처하여 육신을 갈라서 죽이
시고 가재를 몰수하시니 나라 안의 온 백성들이 상쾌히
여겨 아니 즐기는 이가 없더라.

　장씨의 주검을 뉘라서 정성으로 시수하리요. 피 묻은

옷에 휘말아 소금장을 덮어 궁 밖으로 내어
방안에 누이고 상의 명령을 기다리더니,

　"염장하라."

　하심에 들어가 입관하려고 하니
하룻밤 사이에 시체가 다 녹아 검은 피가 방안에 가득하
여 신체가 뜨게 되고 흉악한 냄새는 차마 맡지 못하니,
차라리 형벌로 죽는 것만 같지 못하니 보는 이마다 차탄
하여 윤회응보를 눈앞에 본다 하더라.

　훌훌히 삼년상을 마치심에 슬퍼하심이 세월이 갈수록
그치지 않으사 후의 유언을 좇아 후를 모시고 육 년 고초
를 한 상궁과 가깝게 모시던 궁녀 십여 인에게 충은으로
상급을 많이 하사하시고 민간에 돌아가서 인륜을 차리
라 하시니 여러 궁녀 황공 감읍하여 대내를 차마 떠나지
못하더니라.

주옹설

권근

주옹설

작품 정리

이 작품에서 손[客]과 주옹(舟翁)은 사람이 살아가는 데 조심할 일과 힘써야 할 일을 배를 타고 물 위에 떠 있는 것에 비유하여 대화하고 있다. 세상살이는 마치 물 위에 떠 있는 배와 같아 항상 마음을 다잡아 조심해야 하고, 거센 풍랑이 일어도 중심을 잡으면 배가 안전하듯이 자기 삶을 변화에 적응할 수 있도록 해야 한다는 것을 알려 준다.

작품 줄거리

손이 주옹에게 위험한 배 위에서 사는 이유를 묻자 주옹이 대답하기를, 현실은 언제나 위험한 것이라 편안할 때 훗날의 근심을 생각하고 항상 조심해야 하며, 또 균형을 잃지 않고 스스로 중심을 잡아 사는 것이 진정 평온한 삶이라고 말한다.

권근(權近 1352~1409)

고려 말, 조선 초의 학자. 호는 양촌(陽村). 본관은 안동(安東).
초명은 진(晉), 자는 가원(可遠)·사숙(思叔), 시호는 문충(文忠).
보(溥)의 증손으로 조부는 검교시중(檢校侍中) 고(皐), 부친은
검교정승 희(僖)이다.

1368년(공민왕 17) 성균시에 합격하고, 이듬해 급제해 춘추관
검열, 성균관직강, 예문관응교 등을 역임했다. 그는 이색(李穡)의
문하에서 당대의 석학들과 교유하면서 사장(詞章, 시가와 문장)
을 중시하고 성리학 연구에 정진해 새 왕조의 유학을 계승시키
는 데 크게 공헌했다.

저서에는 경기체가인 ≪상대별곡≫과 시문집으로 ≪양촌집
(陽村集)≫ 40권을 남겼다.

핵심정리

갈래: 한문 수필

연대: 조선 초기

구성: 교훈적, 비유적

배경: 물 위에 떠 있는 나룻배에 대한 손[客]과 주옹의 대화

주제: 세상 살아가는 참된 삶의 태도

출전: 동문선

# 주옹설

손[客]이 주옹(배 타는 늙은이)에게 묻는다,

"그대가 배에서 사는데 고기를 잡는다 하자니 낚시가 없고, 장사를 한다 하자니 돈이 없고, 진리(나루터를 관리하는 관원) 노릇을 한다 하자니 물 가운데만 있어 왕래가 없구려. 변화불측한 물에 조각배 하나를 띄워 가없는 만경(넓은 바다)을 헤매다가, 바람 미치고 물결 놀라 돛대는 기울고 노까지 부러지면 정신과 혼백이 흩어지고 두려움에 싸여 명(命)이 지척(가까운 거리)에 있게 될 것이로다. 이는 지극히 험한 데서 위태로움을 무릅쓰는 일이거늘 그대는 도리어 이를 즐겨 오래오래 물에 떠가기만 하고 돌아오지 않으니 무슨 재미인가?"

하니 주옹이 대답하기를,

"아아, 손은 생각하지 못하는가? 대개 사람의 마음이란 다잡기와 느슨해짐이 무상하니 평탄한 땅을 디디면 태연하여 느긋해지고, 험한 지경에 처하면 두려워 서두르는 법이다. 두려워 서두르면 조심하여 든든하게 살지만 태연하여 느긋하면 반드시 흐트러져 위태로이 죽나니, 내 차라리 위험을 딛고서 항상 조심할지언정 편안한 데 살아 스스로 쓸모없게 되지 않으려 한다.

하물며 내 배는 정해진 꼴이 없이 떠도는 것이니 혹시 무게가 한쪽에 치우치면 그 모습이 반드시 기울어지게 된다. 왼쪽으로도 오른쪽으로도 기울지 않고, 무겁지도 가볍지도 않게 내가 배 한가운데서 평형을 잡아야만 기울어지지도 뒤집히지도 않아 내 배의 평온을 지키게 되니 비록 풍랑이 거세게 인다 한들 편안한 내 마음을 어찌 흔들 수 있겠는가?

또 무릇 인간 세상이란 한 거대한 물결이요, 인심이란 한바탕 큰 바람이니 하잘것없는 내 한 몸이 아득한 그 가운데 떴다 잠겼다 하는 것보다는 오히려 한 잎 조각배로 만 리의 부슬비 속에 떠 있는 것이 낫지 않은가? 내가 배

에서 사는 것으로 사람 한 세상 사는 것을 보건대 안전할 때는 후환을 생각지 못하고 욕심을 부리느라 나중을 돌보지 못하다가 마침내는 빠지고 뒤집혀 죽는 자가 많다. 손은 어찌 이로써 두려움을 삼지 않고 도리어 나를 위태하다 하는가?"

하고 주옹은 뱃전을 두들기며 노래하기를,

渺江海兮悠悠   아득히 펼쳐진 강과 바다여,
묘강해혜유유

泛虛舟兮中流   그 물 위에 빈 배를 띄웠네.
범허주혜중류

載明月兮獨往   밝은 달빛을 싣고 나 홀로 떠가니,
재명월혜독왕

聊卒歲以優游   한가로이 지내며 평생을 마치리라.
요졸세이우유

하고는 손과 작별하고 간 뒤, 더는 말이 없었다.

이상한 관상쟁이

이규보

이상한 관상쟁이

　이 작품은 눈에 보이는 현상만으로 얻는 지식은 불확실하고 단편적이며 진리란 어리석음과 편견에서 벗어나 깊은 성찰을 통해 이르는 것임을 관상쟁이를 통해 말하고 있으며 선입견을 버린 유연한 사고로 인생사 새옹지마(塞翁之馬)임을 깨우쳐 준다.

　어느 날 사람들 사이에 나타난 이상한 관상쟁이를 둘러싸고 소동이 벌어진다. 그는 관상 보는 책을 보거나 관상 보는 법을 따르지 않고 살찐 사람은 마를 수 있고 마른 사람은 살찔 수가 있다고 한다. 고귀한 신분이라고 늘 그 신분으로 지낼 수 없고, 빈천하다고 해서 언제까지나 빈천한 신분에 머무르란 법이 없다고 한다. 달이 차면 기우는 것이 세상 이치이니 이런 이치를 깨달으면 누구나 자숙하고 분발하지만 그렇지 못한 사람들이 많으니 안타까운 일이라고 말한다.

이규보(李奎報 1168~1241)

　　고려시대 문신·문장가이며 초명은 인저, 자는 춘경(春卿), 호는 백운거사(白雲居士)·백운산인(白雲山人)·지헌(止軒)이다. 말년에 시·거문고·술을 좋아하여 삼혹호선생이라고도 불렸다. 1189년(명종 19) 사마시에 합격하고, 이듬해 예부시에서 동진사로 급제하였다. 그러나 곧 관직에 나가지 못하여 빈궁한 생활을 하면서 왕정에서의 부패와 무능, 관리들의 방탕함과 백성들의 피폐함 등에 자극받아 《동명왕편》, 《개원천보영사시》를 지었다. 1213년(강종 2) 40여 운(韻)의 시 〈공작(孔雀)〉을 쓰고 사재승(司宰丞)이 되었다. 우정언 지제고로서 참관(參官)을 거쳐 1217년(고종 4) 우사간에 이르렀다. 1230년 위도(蝟島)에 귀양 갔다가 다시 기용되어 1233년 집현전대학사, 1234년 정당문학을 지내고 태자소부·참지정사 등을 거쳐 1237년 문하시랑평장사(門下侍郞平章事)에 이르렀다. 경전·사기·선교·잡설 등 여러 학문을 섭렵하였고, 개성이 강한 시의 경지를 개척하였으며, 말년에는 불교에 귀의하였다. 저서로 《동국이상국집》, 《백운소설》등이 있고, 가전체 작품 《국선생전》이 있다.

핵심정리

갈래: 한문 수필

연대: 고려 시대

구성: 교훈적, 비유적

배경: 고려 무신정권 시절 저자거리

주제: 사람을 판단하고 인생을 점치는 선입견에 대한 경계

출전: 동국이상국집

이상한 관상쟁이

어디서 왔는지 알 수 없는 어떤 관상쟁이가 있었다.

그는 관상 보는 책을 읽거나 관상 보는 법을 따르지 않고 이상한 관상술로 관상을 보았다. 그리하여 사람들은 이상한 관상쟁이라 하였다. 점잖은 사람, 높은 벼슬아치, 남자, 여자, 늙은이, 젊은이를 가릴 것 없이 모두가 앞을 다투어 모셔 오기도 하고 찾아도 가서 관상을 보았다. 그의 관상은 이러했다.

부귀하여 몸이 살찌고 기름진 사람의 관상을 보고는,

"당신 용모가 매우 여위었으니 당신만큼 천한 이가 없겠소."

　하고 빈천하여 몸이 파리한 사람의 관상을 보고는,

　"눈이 밝겠소."

　하고 얼굴이 아름다운 부인의 관상을 보고는,

　"아름답기도 하고 추하기도 한 관상이오."

　하고 세상에서 관대하고 인자하다고 일컫는 사람의 관
상을 보고는,

　"모든 사람을 상심하게 할 관상입니다."

　하고 시속에서 매우 잔혹하다고 일컫는 사람의 관상
을 보고는,

　"모든 사람을 기쁘게 할 관상입니다."

　하였다.

　그의 관상은 대개 이런 식이었다. 비단 길흉화복의 분

간도 잘 말할 줄 모를 뿐 아니라 상대방의 동정을 살피는 데도 모두 반대로 보았다. 그리하여 사람들이 그를 사기꾼이라고 떠들어 대며 잡아다가 그 거짓을 심문하려 하였다.

나는 홀로 그것을 만류하면서 말하기를,

"무릇 말에는 앞에서는 어긋나게 하다가 뒤에서는 순탄하게 하는 말도 있고, 겉으로 듣기에는 퍽 친근하나 이면에는 멀리할 뜻을 내포하고 있는 말도 있는 것이오. 그 사람도 역시 눈이 있는 사람인데 어찌 뚱뚱한 사람, 여윈 사람, 눈 먼 사람임을 분간하지 못하고서 비대한 사람을 수척하다 하고 수척한 사람을 비대하다 하며 장님을 눈 밝은 사람이라 하였겠는가. 이 사람은 반드시 기이한 관상쟁이임이 틀림없소."

라고 한 후, 이에 목욕재계하고 단정한 차림으로 그 관상쟁이가 살고 있는 곳에 찾아갔다.

그는 좌우에 있던 사람들을 모두 물리치고서 말하기를,

"나는 여러 사람의 관상을 보았습니다."

하기에,

"여러 사람이란 어떤 사람들이오?"

하고 물으니 그는 이렇게 대답하였다.

"부귀하면 교만하고 능멸하는 마음이 자랍니다. 죄가 충만하면 하늘은 반드시 뒤엎어 버릴 것이니, 장차 알곡은커녕 쭉정이도 넉넉지 못할 시기가 닥칠 것이므로 '수척하다' 고 한 것이고, 장차 몰락하여 보잘것없는 평범한 사람으로 비천하게 될 것이므로 '당신은 천하게 될 것이다' 라고 한 것입니다.

빈천하면 뜻을 굽히고 자신을 낮추어 근심하고 두려워하며 닦고 반성하게 됩니다. 막힌 운수가 다하면 트이고, 장차 만 석의 녹과 부귀를 누릴 것이므로 '귀하게 될 것이다' 라고 한 것입니다.

요염한 여색이 있으면 쳐다보고 싶고 진기한 보배를 보면 가지려 하여 사람을 미혹시키고 사곡(바르지 못한 마음)되게 하는 것이 눈인데, 이로 말미암아 헤아리지 못할 치욕을 받기까지 하니 이는 바로 어두운 것이 아니겠습니까. 오직 눈 먼 사람만은 마음이 깨끗하여 아무런 욕

심이 없고, 몸을 보전하
고 욕됨을 멀리하는 것
이 현명한 사람이나 깨
달은 자보다 훨씬 낫습
니다. 그래서 '밝은 자'
라고 한 것입니다.

날래면 용맹을 숭상
하고 용맹스러우면 대
중을 능멸하며 마침내
는 자객이 되기도 하고 간당(간사한 무리)의 우두머리가
되기도 합니다. 관리가 이를 가두고 옥졸이 이를 지키며
형틀이 발에 채워지고 목에 걸리면 비록 달음질하여 도
망치려 하나 그럴 수 있겠습니까. 그래서 '절름발이여서
걸을 수 없는 자' 라 한 것입니다.

무릇 색(여색)이란 음란한 자가 보면 구슬처럼 아름답
고, 어질고 순박한 자가 보면 진흙덩이와 같을 뿐이므로
'아름답기도 하고 추하기도 하다' 고 한 것입니다.

이른바 인자한 사람이 죽을 때에는 사람들이 사모하

여 마치 어린애가 어미를 잃은 것처럼 울고불고 할 것입니다. 그래서 '만인을 상심하게 할 자' 라고 한 것입니다. 또 잔혹한 사람이 죽으면 도로와 거리에서 기뻐 노래 부르고 양고기와 술로써 서로 축하하며 크게 웃는 사람도 있고 손이 터지도록 손뼉 치는 사람도 있습니다. 그래서 '만인을 기쁘게 할 것이다' 라고 한 것입니다."

나는 놀라 일어서며 말하기를,

"과연 내 말대로다. 이야말로 기이한 관상쟁이구나. 그의 말은 새겨둘 만한 규범으로 삼을 수 있을 것이다. 어찌 그가 겉으로 드러나는 모습에 따라 귀한 상을 말할 때는 '거북무늬에 무소뿔' 이라 하고 나쁜 상을 말할 때는 '벌의 눈에 승냥이 소리' 라 하여, 나쁜 것은 숨기고 상례를 그대로 따르면서 스스로를 성스럽고 신령스럽다 하는 바로 그런 부류겠는가?'

하고 물러나서 그가 대답한 말을 적었다.

요로원야화기

박두세

요로원야화기

작품 정리

충청도에 사는 선비가 과거에 낙방하고 귀향하던 도중, 요로원에 있는 주막에서 서울 양반과 만나 주고받는 대화를 통하여 양반층의 횡포와 사회의 부패를 보여준다. 향토 양반들의 실태와 그들의 교만함을 서울 양반에 빗대어 지적한다거나 양반의 허세와 초라한 향인의 모습을 통하여 조선시대 양반 문화를 통렬하게 비판한다.

작품 줄거리

충청도에 사는 '나' 라는 선비가 과거에 낙방하고 귀향하던 중 요로원에 있는 주막에 들게 된다. 우연히 동숙하게 된 서울 양반이 고단하고 초라한 행색의 시골 선비인 '나'를 멸시한다. '나'는 짐짓 무식한 체하면서 서울 양반을 기롱(欺弄)하고 경향풍속(京鄉風俗)을 풍자한다. 서울 양반의 제의로 육담풍월(肉談風月)을 읊게 되자 서울 양반은 자기가 속은 것을 알고 교만하였던 언행을 부끄러워한다. 낙방한 선비로서 당대의 정치 제도에 대해 비판하다 동창이 밝아오자 서로 성명도 모른 채 헤어진다.

박두세(朴斗世, 1650~1733)

조선 후기의 문인. 학자. 충청도 대흥 출신. 본관은 울산. 자는 사앙(士仰). 아버지는 율.

1682년(숙종 8) 증광문과에 을과로 급제하여 홍문관직을 제수받고 진주목사를 거쳐 지중추부사를 지낸다. 남인으로 벼슬길이 순탄하지 못했으나 문장에 능하고 운학(韻學)에 매우 밝았다. 작품으로 당시 사회의 실정을 폭로하고 정치 제도에 대한 불만을 풍자적으로 서술한 문답 형식의 수필집 ≪요로원야화기(要路院夜話記)≫와 운학에 관한 ≪삼운보유(三韻補遺)≫와 ≪증보삼운통고(增補三韻通考)≫가 있다.

핵심정리

갈래: 고전 수필

연대: 조선 후기 숙종 때

구성: 풍자적

배경: 요로원의 주막

주제: 양반들의 허세와 교만을 비판

출전: 요로원야화기(要路院夜話記)

요로원야화기

낙향하는 선비 '나'는 종도 없는
데다가 짐 실은 병든 말까지 타
고 가니 그 행색이 말이 아니
라 보는 사람마다 업신여긴다.
간신히 요로원에 당도하여 주막을 찾
으니 먼저 와 있던 한 양반이 자기 종복들을 대뜸 꾸짖기
부터 한다. 왜 저런 인간이 들어오도록 내버려 두었느냐
하는 것. 그때부터 속이 뒤틀린 나는 겉으로 보기에 서
울 명문 대갓집 양반이 틀림없는 그를 꾀로써 골탕을 먹
여야겠다고 생각한다. 작은 소동 끝에 나 자신도 양반이
라고 속여 한방에 들 수 있었다. 마침 심심하던 서울 양
반은 이런저런 이야기를 물은 끝에 내가 참으로 별 볼 일

없는 위인이라고 짐작하여 놀려먹기로 작정한다. 가령
이런 식이다.

"그대는 몸이 단단하여 제대로 자라지 못한 듯하고, 턱
이 판판하고 수염이 없으니 장차 장가들 곳이 없을 것 같
구려."

나는 계속 바보 행세를 하면서 은근히 기회를 엿본다.
서울 양반은 언문(한글)은 글도 아니고 진서(한문)를 모
르면 어찌 사람일 수 있겠느냐는 식으로 나온다.

"그대 형상을 보아 활은 반드시 쏘지 못할 것이니 글
은 능히 하는가?"

내 대답하여 말하기를,

"문자는 배우지 못하고 글은 잠깐 배웠는데, 다만 열
다섯 줄 중의 둘째 줄 같은 줄이 외우기 어렵더이다."

객이 말하기를,

"이는 언문이라. 진서에 이 같은 글줄이 있으리오."

내 대답하기를,

"우리 향곡(시골)에는 언문 하는 이도 적으니 진서를 어이 바라리오. 진실로 진서를 하면 그 특기를 어이 측량하리오. 우리 향곡에는 어떤 사람이 천자문과 사략(간략한 역사서)을 읽어서 원님이 되어 치부(부정한 재물로 부자가 되는 것)로 유명하고, 또 한 사람은 사략을 읽어 교생(서원에 다니던 생도)이 되어 과거에 출입하노니 공사 소지(공소장) 쓰기를 나는 듯이 하기에 선물이 구름이 모이듯 가계 기특하니 이런 장한 일은 사람마다 못하려니와, 우리 금곡 중에도 김 호수(공부를 책임지던 사람)는 언문을 잘하여 결복(토지 단위)을 마련하여 고담을 박람(책을 많이 읽음)하기로 호수를 한 지 십여 년 만에 가계 부유하고 성명이 혁혁하니 사나이 되어 비록 진서를 못하나 언문이나 잘하면 족히 일촌 중 행세를 할 것이외다."

그러다가 두 사람은 풍월 대거리를 하게 된다.

먼저 서울 양반이 한 구를 읊는다.

我觀鄕之賭　내가 시골 사람과 내기를 하고 보니,
아관향지제

怪底形體條　글을 짓기가 괴이하구나.
괴저형체조

그러자 속으로 벼르던 나는 이런저런 말대꾸 끝에 다음과 같이 한 수를 지어 보인다.

我觀京之表　내가 서울 것들을 보니,
아관경지표

果然擧動戎　과연 거동이 오랑캐들이 하는 짓 같구나.
과연거동융

서울 양반이 깜짝 놀라 정색을 하며 자세를 고쳐 앉으며 그제야 미안하다고 한다. 그때부터는 두 사람 사이에 본격적인 내기가 벌어진다. 그러나 아무리 어려운 운을 내도 나는 척척 막힘이 없이 시를 지어낸다. 그리고 그 격도 서울 양반이 혀를 내두를 정도. 그 과정에서 물론

양반의 위선과 허세를 통렬하게 비판한다. 붕당에 대해서도 비판을 가하지만 그 전후 맥락을 정확히 따져 비판해야 한다는 훈계도 잊지 않는다.

　"그대는 어찌 붕당의 이야기를 들어 말을 하시오? 당시 우가, 이가(당 문종 때 우승유의 당과 이덕유의 당) 어느 쪽에도 한퇴지(당 목종 때의 선비 한유)는 들지 않았으나 정이천(程伊川)은 대현(大賢)임에도 그들의 권유를 떨치지 못하지 않았소? 비록 퇴지의 도덕과 학문이 정이천에 비해 못하기는 했지만 퇴지는 붕당에 휩싸이지 않았고 정이천은 휩싸여 시시비비의 낭패를 면치 못하였으니 이는 정이천이 사위를 몰라서가 아니라 문중의 한사람이었기에 붕당의 화를 당할 수밖에 없었던 것이오."

　마침내 서울 양반이 손을 든다. 그런데 밖에서 말이 울자 금방 화를 내며 종을 나무란다. 그러자 나는, 사람이 어찌 그리 경솔하냐고 비판하면서 마지막으로 한 수 더 가르친다.

"…… 내 소싯적에 성질이 급하여 고치려 해도 쉽게 고치지 못하였으나 어느 날 아침에 갑자기 깨달으니 어렵지 않았소이다. 마음이 노하였을 때는 '참을 인(忍)' 자를 생각하면 노했던 마음이 자연히 없어지기에 이때부터 아홉 가지 글자를 써서 늘 보고 외우고 있소. 그릇된 생각이 날 때는 문득 '바를 정(正)' 자를 생각하면 사벽(邪僻)하기에 이르지 않고, 거만한 마음이 날 때는 '공경할 경(敬)' 자를 생각하면 거만함에 이르지 않고, 나태한 마음이 날 때는 '부지런할 근(勤)' 자를 생각하면 나태해지지 않으며, 사치스런 마음이 날 때는 '검소할 검(儉)' 자를 생각하면 사치함에 이르지 않으며, 속이고 싶은 마음이 날 때는 '정성 성(誠)' 자를 생각하면 속이기에 이르지 않고, 이익을 구하는 마음이 날 때 '옳을 의(義)' 자를 생각하면 이욕(利慾)에 이르지 않으며, 말을 할 때

에는 '잠잠할 묵(默)' 자를 생각하면 말의 실수를 막을 수 있고, 희롱할 때에는 '영걸 웅(雄)' 자를 생각하면 가벼움에 이르지 않고, 분노할 때에는 '참을 인(忍)' 자를 생각하면 급하게 죄를 짓지 않게 된다오."

이 정도까지 이르면 서울 양반은 당해도 한참 당했다고 할 수 있지 않을까.

마지막 장면에서는 서로 웃으며 헤어지는데 박두세는 여기서 또한 해학을 잊지 않는다.

"서로 소매를 잡고 길을 떠나니 저도 내 성명을 모르고 나도 제 성명을 모르는구나."

하면서.

수오재기

정약용

수오재기

작품 정리

　'수오재(守吾齋, 나를 지키는 집)'라는 집의 당호를 소재로 '나를 지키는 것의 중요성'을 주제로 한 작품이다. '수오재'라는 이름에 대한 의문을 제시하고 왜 자신이 귀양을 온 처지가 되었는지 자신의 지난날을 되돌아보고 세상의 유혹에 자신을 지키지 못했던 삶을 돌이켜 보면서 '수오재'의 진정한 의미를 깨닫는다.

작품 줄거리

　나는 큰형님이 자신의 집에다 붙인 '수오재'라는 이름을 보고 의문을 품는다. 그러다 귀양을 가서 '수오재'에 대한 생각을 하다가 천하 만물은 지킬 필요가 없지만 '나'는 그 어떤 것보다도 잃기 쉬우므로 잘 지켜야 한다는 해답을 얻는다. 자신을 잘 지키지 못했던 지난날을 반성하고 잃어버렸던 지난 삶에 대해 후회를 한 후 '나를 지킨다는 것'의 진정한 의미를 깨닫는다.

작가 소개

정약용(丁若鏞, 1762(영조 38)〜1836(헌종 2))

조선 후기의 실학자. 자는 미용(美鏞). 호는 다산(茶山). 시호는 문도(文度).

진주목사(晉州牧使)를 역임했던 정재원(丁載遠)과 해남 윤씨 사이에서 4남 2녀 중 4남으로 태어났다. 1789년 문과에 급제하여 부승지 등 벼슬을 지냈다. 문장과 유교 경학에 뛰어났을 뿐 아니라 천문ㆍ지리ㆍ과학 등에도 밝아 진보적인 학풍을 총괄 정리하여 집대성한 실학파의 대표자가 되었다. 그는 당시에 금지했던 천주교를 가까이한 탓으로 귀양을 간다, 귀양살이를 하는 동안에 10여 권의 책을 저술하였다. 나라의 정치를 바로잡고 백성들의 생활을 향상시킬 수 있는 방법을 학문적으로 연구하여 많은 저서를 남긴다. 죽은 후 규장각 재학에 추증되었다.

주요 저서로는 《경세유표》, 《목민심서》, 《흠흠심서》 등이 있다.

핵심정리

갈래 : 한문 수필

연대 : 조선 후기

구성 : 자성적, 회고적

배경 : 장기로 귀양을 와서 혼자 지낼 때

주제 : '나(본질적 자아)'를 지키는 것의 중요성

출전 : 여유당전서

🏠 수오재기

'수오재(守吾齋, 나를 지키는 집)'라는 이름은 큰형님(정약현)이 자신의 집에 붙인 이름이다.

나는 처음에 이 이름을 듣고 이상하게 생각하였다.

'나와 굳게 맺어져 있어 서로 떨어질 수 없는 가운데 나보다 더 절실한 것은 없다. 그러니 굳이 지키지 않더라도 어디로 가겠는가. 이상한 사람이다.'

내가 장기로 귀양 온 뒤에 혼자 지내면서 가끔 생각해 보다가 하루는 갑자기 이 의문에 대한 해답을 얻게 되었다. 나는 벌떡 일어나 이렇게 말하였다.

"천하 만물 가운데 지킬 것은 하나도 없지만 오직 나

만은 지켜야 한다. 내 밭을 지고 달아날 자가 있는가. 밭을 지킬 필요가 없다. 내 집을 지고 달아날 자가 있는가. 집도 지킬 필요가 없다. 내 정원의 여러 가지 꽃나무와 과일 나무들을 뽑아갈 자가 있는가. 그 뿌리는 땅속에 깊이 박혔다. 내 책을 훔쳐 없앨 자가 있는가. 성현의 경전이 세상에 퍼져 물이나 불처럼 흔한데, 누가 능히 없앨 수가 있겠는가. 내 옷이나 양식을 훔쳐서 나를 궁색하게 하겠는가. 천하에 있는 실이 모두 내가 입을 옷이며, 천하에 있는 곡식이 모두 내가 먹을 양식이다. 도둑이 비록 훔쳐 간대야 한두 개에 지나지 않을 테니 천하의 모든 옷과 곡식을 없앨 수 있으랴. 그러니 천하 만물은 모두 지킬 필요가 없다.

그런데 오직 나라는 것만은 잘 달아나거니와 드나드는 데 일정한 법칙도 없다. 아주 친밀하게 붙어 있어서 서로 배반하지 못할 것 같다가도 잠시 살피지 않으면 어디든지 못 가는 곳이 없다. 이익으로 꾀면 떠나가고, 위험과 재앙이 겁을 주어도 떠나간다. 마음을 울리는 아름다운 음악 소리만 들어도 떠나가며, 까만 눈썹과 하얀 이

(丹脣皓齒)를 가진 미인의 요염한 모습만 보아도 떠나간다. 한 번 가면 돌아올 줄을 모르고 붙잡아 만류할 수도 없다. 그러니 천하에 나보다 더 잃어버리기 쉬운 것은 없다. 어찌 실과 끈으로 매고 빗장과 자물쇠로 잠가서 나를 굳게 지켜야 하지 않으리오.”

나는 나를 잘못 간직했다가 잃어버렸던 자다. 어렸을 때에 과거(科擧)가 좋게 보여서 십 년 동안이나 과거 공부에 빠져 들었다. 그러다가 결국 처지가 바뀌어 조정에 나아가 검은 사모관대(벼슬아치가 입던 옷과 모자)에 비단 도포를 입고, 십이 년 동안이나 미친 듯이 대낮에 큰길을 뛰어다녔다. 그러다가 또 처지가 바뀌어 한강을 건너고 새재를 넘게 되었다. 친척과 선영(선산)을 버리고 곧바로 아득한 바닷가의 대나무 숲에 달려와서야 멈추게 되었다. 이때에는 나도 땀이 흐르고 두려워 숨도 쉬지 못하면서 나의 발뒤꿈치를 따라 이곳까지 함께 오게 되었다. 내가 나에게 물었다.

"너는 무엇 때문에 여기까지 왔느냐? 여우나 도깨비에게 홀려서 끌려왔느냐, 아니면 바다귀신이 불러서 왔느냐. 네 가정과 고향이 모두 초천에 있는데 왜 그 본바닥으로 돌아가지 않느냐?"

그러나 나는 끝내 멍하니 움직이지 않고 돌아갈 줄을 몰랐다. 그 얼굴빛을 보니 마치 얽매여 돌아가고 싶어도 돌아가지 못하는 것 같았다. 그래서 결국 붙잡아 이곳에 함께 머물렀다.

이때 둘째 형님 좌랑공(둘째형 정약전)도 '나'를 잃고

'나'를 쫓아 남해 지방으로 왔는데 역시 '나'를 붙잡아서 그곳에 함께 머물렀다.

오직 나의 큰형님만이 '나'를 잃지 않고 편안히 단정하게 수오재에 앉아 계시니, 본디부터 '나'를 지키고 '나'를 잃지 않았기 때문이 아니겠는가. 이것이 바로 큰형님 집에 '수오재'라고 이름 붙인 까닭일 것이다. 큰형님은 언제나,

"아버님께서 내게 태현이라고 자를 지어 주셔서 나는 오로지 '나의 태현'을 지키려고 했다네. 그래서 내 집에 그렇게 이름을 붙인 거지."

라고 하지만 이는 핑계 대는 말씀이다.

맹자가 "무엇을 지키는 것이 큰가? 몸을 지키는 것이 가장 크다."라고 하였으니 이 말씀이 진실하다. 내가 스스로 말한 내용을 써서 큰형님께 보이고 수오재의 기(記)로 삼는다.

조침문

유씨 부인

조침문

작품 정리

《의유당 관북 유람기》, 《규중 칠우 쟁론기》와 더불어 여류 수필의 백미로 일컬어진다. 조선 순조 때 유씨 부인이 지은 고전 수필로 일명 '제침문'이라고도 한다. 부러진 바늘을 의인화하여 함께했던 오랜 세월의 회고, 바늘의 공로와 재질, 바늘이 부러진 날의 놀라움과 슬픔, 자책, 회한 등을 제문의 형식을 빌려 표현한 작품이다. 이 작품은 제문에 얽힌 작자의 애절한 처지와 아울러 뛰어난 문장력과 한글체 제문이라는 측면에서 문학사적 의의가 있다.

작품 줄거리

　일찍이 홀로 된 여인이 슬하에 자녀가 없이 오직 바늘에 재미를 붙이고 살다가 시삼촌께서 북경에 다녀오시면서 사다 주신 바늘 중 마지막 것을 부러뜨리고는 그 섭섭하고 안타까운 심정을 적은 글이다.

핵심정리

갈래 : 고전 수필

연대 : 조선 순조시대

구성 : 내간체

배경 : 조선 시대 가세가 기운 양반 댁

주제 : 길이 잘 든 부러뜨린 바늘을 애도함.

출전 : 미상

조침문

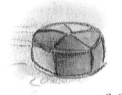

유세차(維歲次) 모년(某年) 모월(某月) 모일(某日)에 미망인(未亡人) 모씨(某氏)는 두어 자로 바늘에게 말한다. 인간 부녀(人間婦女)의 손 가운데 중요한 것이 바늘인데, 세상 사람이 귀하게 여기지 않는 것이 곳곳에 흔하기 때문이다. 이 바늘은 한낱 작은 물건에 지나지 않지만, 이렇듯 슬퍼하는 것은 나의 정회(情懷, 생각하는 마음과 회포)가 남과 다르기 때문이다. 아, 슬프도다. 너를 얻어 손 가운데 지닌 지 27년이라. 어이 인정(人情)이 그렇지 아니하리오. 슬프다. 눈물을 잠깐 거두고 몸과 마음을 겨우 진정하여, 너의 행장(行狀, 몸가짐과 품행을 통틀어 이름)과 나의 회포(懷抱)

를 총총히 적어 영결(永訣, 죽은 사람과 산 사람이 영원
히 헤어짐)하노라.

　몇 해 전에 우리 시삼촌께서 임금의 명을 받들어 동지
상사(冬至上使, 조선 시대에 중국으로 보내던 동지사의
우두머리)로 북경을 다녀오신 후에, 바늘 여러 쌈을 주셨
는데, 친정과 가까운 친척에게 보내고, 종들에게도 나누
어 주고, 그중에 너를 택하여 손에 익히고 익히어 지금
까지 한 해가 조금 넘었는데, 슬프다. 인연이 보통이 아
니어서, 너희를 무수히 잃고 부러뜨렸지만 오직 너 하나
만은 오랫동안 온전하게 보전하니, 비록 무심한 물건이
나 어찌 사랑스럽고 미혹(迷惑)하지 아니하리오. 아깝고
불쌍하며, 또한 섭섭하다.

　내가 복이 없어 자식 하나 없고, 목숨이 모질어 일찍
죽지 못하고, 고향 산천이 가난하고 궁색하여 바느질에
마음을 붙여, 너에게 받은 생계 도움이 적지 않았는데,
오늘날 너와 헤어지니 아, 슬프다. 귀신이 시기하고 하

늘이 미워하기 때문이다.

아깝다 바늘이여, 불쌍하다 바늘이여. 너는 미묘한 품질(品質)과 특별한 솜씨를 가졌으니 물건 중의 명물(名物)이요, 철 중(鐵中)의 쟁쟁(錚錚)이라. 민첩하고 날래기는 백대(百代)의 협객(俠客 호방하고 의협심이 있는 사람)

이요, 굳세고 곧기는 만고(萬古)의 충절(忠節)이라. 추호(秋毫, 가을에 짐승의 털이 아주 가늘다는 뜻으로, 아주 적거나 조금인 것을 이름) 같은 부리는 말하는 듯하고, 뚜렷한 귀는 소리를 듣는 듯하다. 능라(綾羅, 두꺼운 비단과 얇은 비단)와 비단에 난봉(鸞鳳, 난조와 봉황을 이름)과 공작을 수놓을 때, 그 민첩하고 신기함은 귀신이 돕는 듯하니, 어찌 사람의 힘이 미칠 수 있으리오.

아, 슬프도다. 자식이 귀하나 떠날 때도 있고, 종이 순하나 명(命)을 거스를 때도 있으니, 너의 미묘한 재질(才質)이 남의 요구에 응함을 생각하면, 자식보다 낫고 비복보다 낫다. 천은(天銀, 품질이 가장 뛰어난 은)으로 집을 하고, 오색(五色)으로 파란(은으로 만든 장식품에 법랑으로 색을 올려 꾸밈)을 놓아 겉고름에 찼으니, 부녀의 노리개라. 밥 먹을 때 만져 보고 잠잘 때 만져 보아, 너와 더불어 벗이 되어 여름 낮에 주렴(珠簾, 발)을, 겨울밤에 등잔 아래서 누비며, 호며, 감치며, 박으며, 공그를 때, 겹실을 꿰었더니 봉황의 꼬리를 두르는 듯, 땀땀이 뜰 때, 머리와 꼬리가 어울리고, 솔기마다 붙여 내니 조화(造化)가 끝이 없다. 이 세상에 살아 있는 동안 같이하려 했더니, 슬프도다, 바늘이여.

금년 10월 10일 술시(戌時, 저녁 7시에서 9시 사이)에, 희미한 등잔 아래서 관대 깃을 달다가 자끈동 부러지니 깜짝 놀라워라. 아야 아야 바늘이여, 두 동강이 났구나. 정신이 아득하고 혼백(魂魄)이 산란하여, 마음을 빻아 내는 듯, 두골(頭骨)을 깨쳐 내는 듯, 밤이 이슥할 때까지 정신을 잃었다가 겨우 차려, 만져 보고 이어 보았지만 어쩔 수 없었다. 편작(編作, 죽세공품이나 자리 따위를 겯거나 짜서 만드는 일)의 신통한 술법으로도 오래도록 살지 못하였네. 동네 장인(匠人)에게 때운들 어찌 능히 때울 수 있겠는가. 한쪽 팔을 베어 낸 듯, 한쪽 다리를 베어 낸 듯 아깝다, 바늘이여. 옷섶을 만져 보니 꽂혔던 자리 없네. 슬프도다, 내가 조심하지 못한 탓이로다.

죄 없는 너를 내가 못 쓰게 했으니 누구를 원망하리오. 능란(能爛)한 성품(性品)과 공교(工巧, 솜씨나 꾀가 재치 있고 교묘함)한 재질을 나의 힘으로 어찌 다시 바라리오. 절묘한 몸가짐은 눈에 삼삼하고, 특별한 성품과 재주는 심회(心懷)가 삭막(索漠)하다. 네 비록 물건이나 감정이 없지 아니하며, 다음 세상에 다시 만나 한집에서 산 정을 이어 한평생 슬픔과 즐거움을 같이하고, 삶과 죽음을 같이하기를 바란다. 슬프도다, 바늘이여.

규중칠우쟁론기

작자미상

규중칠우쟁론기

작품 정리

《규중칠우쟁론기》는 조선 말기의 수필로 《조침문》과 함께 가장 대표적인 수필로 꼽히는 작품이다. 이는 몇 가지 문헌에 실려서 전하는데 《망로각수기》에 실려 있는 것이 가장 잘 알려져 있다.

이 작품은 규중 여자들의 바느질에 필요한 7가지 물건들인 바늘 · 자 · 가위 · 인두 · 다리미 · 실 · 골무를 당시 규중 여자의 일곱 벗으로 등장시켜, 인간 세상의 능란한 처세술을 해학적으로 풍자하고 있다.

규중 부인이 칠우와 함께 일을 하던 중 주인이 잠든 사이에 칠우는 서로 제 공을 늘어놓는다. 그러다가 부인에게 꾸중을 듣고 부인이 다시 잠들자 이번에는 자신들의 신세 타령과 부인에 대한 원망과 불평을 늘어놓았다. 잠에서 깬 부인이 칠우를 꾸짖고 쫓아 내게 되었는데, 이때 감투 할미가 나서서 머리를 조아리며 사죄함으로써 용서를 받고 감투 할미를 가장 귀하게 여긴다.

핵심정리

갈래 : 고전 수필

연대 : 미상

구성 : 내간체

배경 : 부녀자가 거처하는 규방

주제 : 자기직분에 따른 성실한 삶의 태도

출전 : 망로각수기

🧺 규중칠우쟁기론

 이른바 규중 칠우(閨中七友, 부녀
가 거처하는 안방 부인네의 일
곱 친구)는 부인네 방 가운데 일
곱 벗이니 글하는 선비는 필묵
(筆墨, 붓과 먹)과 종이, 벼루로 문방사우(文房社友, 종
이, 벼루, 먹, 붓의 네 가지 문방구)를 삼았으니 규중 여
자인들 어찌 홀로 벗이 없으리오.

따라서 바느질하는 데 필요한 도구에 각각 이름과 호
를 정하여 벗을 삼는데, 바늘은 세요 각시(細腰閣氏)라
하고, 척을 척 부인(戚夫人)이라 하고, 가위는 교두 각시
(交頭閣氏)라 하고, 인두는 인화 부인(引下夫人)이라 하
고, 다리미는 울 낭자(娘子)라 하고, 실은 청홍흑백 각시

(靑紅黑白閣氏)라 하며, 골무는 감토 할미라 하여, 칠우
를 삼았다. 규중 부인네가 아침 세안을 마치자 칠우가 일
제히 모여 끝까지 하기를 한 가지로 의논하여 각각 맡은
바 임무를 이루어 내는지라.

하루는 칠우가 모여 바느질 공을 의논하더니 척 부인이 긴 허리를 뽐내며 말했다.

"친구들아 들어 봐. 나는 세명지(가늘게 무늬 없이 짠 명주), 굵은 명주, 백저포(白紵布, 흰 모시), 세승포(細升布, 가는 베)와, 청홍녹라(靑紅綠羅, 청홍녹색의 고운 비단), 자라(紫羅, 비단의 한 종류), 홍단(紅緞, 비단의 한 종류)을 다 내어 펼쳐 놓고 남자, 여자 옷을 마름질할 때, 장단광협(長短廣狹, 길고 짧으며, 넓고 좁음)이며 수품제도(手品制度, 솜씨와 격식)를 나 아니면 어찌 이루리오. 그러므로 옷 만드는 공은 내가 으뜸이라."

교두 각시가 두 다리를 재빨리 놀려 내달리면서 말했다.

"척 부인아, 그대가 아무리 마름질을 잘한들 자르지 않으면 모양이 제대로 나오겠느냐. 내 공과 내 덕이니 네 공만 자랑하지 마라."

세요 각시가 가는 허리를 구부리며 날랜 부리를 돌려 말했다.

"두 친구의 말은 옳지 않다. 진주(眞珠) 열 그릇이나 꿴 후에 구슬이라고 할 것이니, 재단(裁斷)을 잘한다 하나 나 아니면 옷을 어찌 만들 수 있겠는가. 세누비(가늘게 누빈 누비), 마누비(중누비), 저른 솔(솔기, 옷 따위를 만들 때 두 폭을 맞대고 꿰맨 줄) 긴 옷을 만들 수 있는 것은 나의 날래고 빠른 솜씨가 아니면 잘게 뜨기도 하고 굵게 박기도 하여 어찌 마음대로 할 수 있겠는가. 척 부인이 재고 교두 각시가 자른다고는 하나 내가 아니면 두 벗의 공은 아무 소용 없는데 무슨 공이라고 자랑하는가?"

청홍 각시 얼굴이 붉으락푸르락하더니 화를 내며 말했다.

"세요야, 네 공이 내 공이니 자랑하지 마라. 네가 아무리 착한 척하나 한 솔 반 솔인들 내가 아니면 네가 어찌 성공할 수 있겠느냐."

감토 할미가 웃으면서 말했다.

"각시님네야, 웬만히 자랑하소. 이 늙은이 수말(首末) 적기로 아가씨네 손끝을 아프지 않게 바느질 도와드릴 테니. 옛말에 닭의 입이 될지언정 소 뒤는 되지 말라 하였으니, 청홍흑백 각시는 세요의 뒤를 따라다니며 무슨 말을 하는가. 참으로 얼굴이 아깝다. 나는 번번이 세요의 귀에 질렸으나 낯가죽이 두꺼워 견딜 만하고 아무 말도 아니하노라."

인화 부인이 말했다.

"그대들은 다투지 말라. 나도 잠깐 공을 말하리라. 마누비, 세누비가 누구 때문에 가락같이 고우며, 혼솔(홈질로 꿰맨 옷의 솔기)이 나 아니면 어찌 풀로 붙인 듯이 고우리오.

바느질 솜씨가 보잘것없어 들쭉날쭉 바르지 못한 것도 내 손바닥으로 한 번 씻으면 잘못한 흔적이 감추어져 세요의 공이 나로 인해 광채가 나느니라."

울 낭자가 큰 입을 벌리고 너털웃음을 웃으며 말했다.

"인화야, 너와 나는 맡은 임무가 같다. 연이나 인화는 바느질뿐이라.

나는 천만 가지 의복을 만드는 데 참여하지 않는 곳이 없고, 가증한 여자들은 하루 할 일도 열흘이나 구기어 살이 구깃구깃한 것을 내 넓은 볼기로 한 번 스치면 굵은 살이 낱낱이 펴지며 제도와 모양이 곱고, 더욱이 여름철이 되면 손님이 많아져 하루도 한가하지 못하다. 의복이나 아니면 어찌 고우며 빨래하는 여인들이 게을러 풀을 먹여 널어 두고 잠만 자면 부딪혀 말린 것을 나의 넓은 볼기 아니면 어찌 고우며, 세상 남녀가 어찌 반반한 것을 입으리오. 그러므로 옷을 만든 공은 내가 제일이라."

그러자 규중 부인이 말했다.

"칠우의 공으로 의복을 만드나 그 공이 사람의 쓰기에 있나니 어찌 칠우의 공이라 하리오."

규중 부인이 말을 끝내며 칠우를 밀치고 베개를 돋우고 잠을 깊이 들자 척 부인이 탄식하며 말했다.

"매정한 것은 사람이요, 공을 모르는 것은 여자로다. 의복을 마름질할 때는 먼저 찾고 이루어 내면 자기 공이라 하고, 게으른 종 잠 깨우는 막대는 내가 아니면 못 칠 줄 알고 내 허리가 부러지는 것도 모르니 어찌 야속하고 분하지 아니하리오."

교두 각시가 이어서 말했다.

"그대 말이 옳다. 옷 마름질해 잘라 낼 때는 나 아니면 못하련마는 드느니 아니 드느니 하고 내어 던지며 양쪽 다리를 각각 잡아 흔들 때는 분하고 아니꼬움을 어찌 측량할 수 있으리오. 세요 각시가 잠깐 쉬려고 달아나면 번번이 내 탓으로 여겨 트집을 잡으니, 마치 내가 감춘 듯이 문고리에 거꾸로 달아 놓고 좌우로 돌아보며 전후로 수험하여 얻어 내기 몇 번인 줄 알리오. 그 공을 모르니 어찌 슬프고 원망스럽지 아니하리오."

세요 각시가 한숨을 지으며 말했다.

"너는 커니와 내 일찍 무슨 일 사람의 손에 보채이며 요사하고 간사한 말을 듣는고. 뼈에 사무칠 만큼 원통하고 한스러우며, 나의 약한 허리 휘두르며 날랜 부리 돌려 힘껏 바느질을 돕는 줄은 모르고 마음이 맞지 않으면 나의 허리를 부러뜨려 화로에 넣으니 어찌 통원하지 아니하리오. 사람과는 극한 원수라. 갚을 길 없어 이따금 손톱 밑을 질러 피를 내어 한을 풀면 조금 시원하나, 간사하고 흉악한 감토 할미가 밀어 만류하니 더욱 애달프고 못 견디리로다."

인화가 눈물지으며 말했다.

"그대는 데아라 아야라 하는도다. 나는 무슨 죄로 포락지형(불에 달구어 지지는 형벌)을 입어 붉은 불 가운데 낯을 지지며 굳은 것 깨치기는 날을 다 시키니 서럽고 괴롭기가 측량하지 못하리라."

울 낭자가 처연해하며 말했다.

"그대와 소임이 같고 욕되기 한가지라. 제 옷을 문지르고 먹을 잡아 위아래로 흔들며, 우겨 누르니 크고 넓은 하늘이 덮치는 듯 몸과 마음이 아득하여 내 목이 따로 날 때가 몇 번인 줄 알리오."

칠우가 이렇듯 담론하며 회포를 이르더니 자던 여자가 문득 깨어 칠우에게 말했다.

"칠우는 내 허물을 어찌 그렇게 말하느냐?"

감토 할미가 머리를 조아리고 사죄하며 말했다.

"젊은 것들이 망녕되게 생각이 없는지라 족하지 못하리로다. 저희들이 여러 죄가 있으나 공이 많음을 자랑하여 원망 어린 말을 지으니 마땅히 결곤(決棍, 곤장으로 죄인을 치는 형벌을 집행하는 일)할 만하지만, 평상시 깊

은 정과 조그만 공을 생각하여 용서하심이

옳을까 하나이다."

여자가 대답했다.

"할미 말을 좇아 해 오던 일을 그만두리니, 내 손끝이 성한 것은 할미 공이라. 꿰어 차고 다니며 은혜를 잊지 아니하리니 금낭(錦囊, 비단으로 만든 주머니)을 지어 그 가운데 넣어 몸에 지니어 서로 떠나지 아니하리라."

감토 할미는 머리를 조아리며 사죄하고 제붕(諸朋)은 부끄러워하여 물러나리라.

일야구도하기

박지원

일야구도하기

작품 정리

  일야구도하기(一夜九渡河記)는 '하룻밤에 아홉 번 강을 건넌 기록' 이라는 뜻으로, 박지원의 중국 여행기인 《열하일기》 중 '산장 잡기' 에 수록되어 있다. 요하를 건너면서 귀에 들려오는 물소리가 상황의 변화에 따라 다르다는 사실을 경험하고, 강물소리를 통하여 감각기관과 마음의 상관관계를 설명하였으며 사물에 대한 정확한 인식에 도달하는 방법은 외계의 영향을 배제한 순수한 이성적 판단에 의하여야 한다는 것을 통해 인식의 허실을 예리하게 지적하고 있다.

강물이 흐르면서 급한 경사와 바위에 부딪힌 물결이 울부짖는 소리로 들리기도 하고 전차 만대가 굴러가는 것처럼 큰소리를 낸다. 사람들은 요동 벌판이 옛날의 전쟁터였기 때문에 그런 소리가 난다고 하였다. 그러나 소리는 듣기에 따라 다르게 들을 수 있으며 작자가 산속의 집에 누워 계곡물 소리를 듣자니 마음의 변화에 따라 들려오는 소리가 모두 다르다고 하였다.

사람들이 장마가 진 요하를 건널 때에 기도하듯이 하늘을 쳐다보고 건너는 것은 강물을 눈으로 보면 어지러워 물에 빠질지 모르는 두려움 때문이다. 또 요하의 물소리가 나지 않는 것은 평야에 위치하여 그렇다고 했는데 사실은 낮에 건너기 때문이며 밤에 요하를 건너면 눈이 보이지 않아 귀로 위협적인 소리만 들리는 것이다. 그러나 눈과 귀를 믿기보다 마음을 다스리고 바른 판단을 할 수 있게 되자 강에 대한 두려움이 없어져 자유롭게 왕래할 수 있었다고 하였다.

박지원(朴趾源 1737~1805)

조선 후기 문신 · 학자이며 호는 연암(燕巖), 자는 중미(仲美), 시호는 문도공이다. 16세에 처삼촌인 영목당 이양천에게 글을 배우기 시작하여 20대에 이미 뛰어난 글재주를 보였으며, 30대에 세상에 널리 이름이 알려지게 되었다. 박제가 · 이서구 등과 학문적으로 깊은 교류를 가졌으며, 홍대용 · 유득공 등과는 이용후생에 대해 자주 토론하고 함께 서부 지방을 여행하기도 하였다. 1765년 과거에 낙방하자 오직 학문과 저술에만 전념하다가 1780년(정조 4) 팔촌 형인 박명원을 따라 중국에 가서 청나라 문물을 두루 살피고 왔다. 이 연행(燕行)을 계기로 하여 충(忠) · 효(孝) · 열(烈) 등과 같은 인륜적인 것이 지배적이던 전통적 조선 사회의 가치 체계로부터 실학, 즉 이용후생의 물질적인 면으로 가치 체계의 변화를 가져오게 되었다. 그때 보고 듣고 한 것을 기행문체로 기술한 《열하일기》 26권을 남겼는데, 여기에는 《양반전》, 《허생전》, 《호질》 등 주옥같은 단편 소설들이 실려 있다. 그

는 서학에도 관심을 가져 자연과학적 지식의 문집으로 《연암집》
이 있고, 저서로는 《열하일기》, 《과농소초》 등이 전하며 연행 뒤
《열하일기》를 지어 백성에게 이롭고 나라에 도움이 되는 것이라
면 비록 이적(夷狄)에게서 나온 것이라 할지라도 그것을 취하여
배워야 한다고 주장하였다. 1786년 음사로 선공감감역이 되어
늦게 관직에 들어서서 사복시주부 · 한성부판관 · 면천군수 등을
거쳐 1800년 양양부사를 끝으로 관직에서 물러났다. 문장가로
서 뛰어난 솜씨를 보여 정아한 이현보의 문장과 웅혼한 그의 문
장은 조선 시대 문학의 쌍벽으로 평가되고 있다. 희화(戱畵) · 풍
자(諷刺)의 수법과 수필체의 문장들은 문인으로서의 역량을 잘
나타내 주는 작품의 특징이라고 할 수 있다. 《열하일기》, 《허생
전》, 《양반전》, 《호질》, 《민옹전》, 《광문자전》, 《김신선전》, 《역학
대도전》, 《봉산학자전》, 《과농소초》 등이 대표적인 작품이다.

핵심정리

갈래 : 기행문

연대 : 조선 영조시대

구성 : 비유적

배경 : 홍수로 황톳빛의 큰 물결이 일어나는 요하 강

주제 : 하룻밤에 아홉 번 강을 건너는 자세와 올바른 인생의 태도

출전 : 열하일기 산장잡기

일야구도하기

큰 강물은 두 산골짜기에서 흘러나와 바윗돌과 부딪쳐 거세게 흐른다. 그 놀란 듯한 물줄기와 성난 물머리와 슬픈 곡조로 원망하면서 우는 듯한 여울 소리가 굽이쳐 돌면서 내달려 부딪치듯, 싸우며 곤두박질치듯, 바쁘게 호령하는 듯, 순식간에 성(城)이라도 부술 기세다.

전차와 기마부대, 수많은 대포와 큰북으로는 거대한 무엇인가가 무너져 내리고 쏟아져 나오며 내뿜는 듯한 소리를 아무리 해도 형용할 수 없을 것이다.

모래밭 위의 큰 바위들은 시커멓게 우뚝우뚝 서 있고, 강 언덕의 늘어진 버드나무는 마치 컴컴한 밤에 물귀신들과 하수귀신들이 앞을 다투어 사람을 놀래키는 것 같기도 하고 좌우의 이무기들이 사람을 붙잡으려고 하는 것 같기도 하였다.

혹자는 '여기는 옛 전쟁터였으므로 강물소리가 그렇다.'라고 말하지만 그 때문에 그런 것은 아니다. 강물소리는 듣기 여하에 달려 있는 것이다.

산중에 있는 나의 집 앞에 큰 시내가 있어 매양 여름철이 되어 큰 비가 한번 오고 나면, 시냇물이 갑자기 불어나서 그때마다 우렁찬 차기(車騎)와 포고(砲鼓)의 소리를 듣게 되어 마침내 귀에 익숙해졌다.

언젠가 나는 방문을 닫고 누워서 물소리를 비교해 본적이 있었다.

깊은 숲의 소나무가 통소 소리를 내는 것처럼 들리는 것은 듣는 이가 청아(淸雅)한 탓이요, 산이 무너지고 언덕이 쏟아지는 듯한 소리가 들리는 것은 듣는 이가 분노한 탓이요, 개구리가 시끄럽게 우는 것 같은 소리는 듣는 이가 교만한 탓이요, 천둥과 우레가 급하게 나는 듯한 소리는 듣는 이가 놀란 탓이요, 찻물이 문무(文武)를

겸하여 약하게 혹은 세게 끓는 듯이 들린다면 취미가 고상한 탓이요, 거문고가 궁우에 잘 어우러지는 듯한 소리는 듣는 이가 슬픈 탓이요, 종이를 바른 창문이 바람에 우는 듯한 것은 누군가를 기다리며 듣는 탓이다.

이는 모두 물소리를 있는 그대로 듣지 않고 마음속으로 상상하여 소리를 만드는 것이었다.

지금 나는 밤중에 요하 강을 아홉 번 건넜다. 강은 새 외로부터 나와서 만리장성을 뚫고 유하와 조하, 황화진천 등 여러 강물과 합쳐 밀운성(密雲城) 아래를 거쳐 백하(白河)가 되었다.

내가 요동에 들어섰을 때에는 바야흐로 뜨거운 한여름이었다. 햇볕을 그대로 받으며 길을 가는데 홀연히 큰 강이 앞에 나타나서는 붉고 세찬 물살이 산같이 일어나 끝이 보이지 않았다. 이것은 대개 먼 곳에 폭우가 쏟아진 때문이었다.

강물을 건널 때 사람들이 모두 머리를 들어 하늘을 우러러보자, 나는 처음에 사람들이 하늘에 묵도하는 것인 줄 알았었다. 그런데 나중에 알고 보니 강을 건너면서 소용돌이치고 탕탕히 흐르는 강물을 내려다보게 되면, 자기 몸은 강물을 거슬러 올라가는 것 같고 눈은 강물과 함께 떠내려가는 것 같아 갑자기 현기증이 나면서 물에 빠질 수도 있기 때문에 어지러운 강물 보기를 피하는 것이며, 그들이 하늘을 우러러보는 것은 하늘에 비는 것이 아니었던 것이다. 또한 자칫 위험한 순간인데 어느 틈에 목숨을 위하여 기도할 수 있을 것인가!

목숨이 위험할 정도였으니 사람들은 강물소리도 듣지 못하고 이렇게 말하였다.

"요동 벌판이 평지에다 매우 넓기 때문에 강물소리가 크게 나지 않는 것이다."

하였는데 이것은 강을 제대로 알지 못하는 말이다. 요하가 소리를 내지 않는 것이 아니라 단지 밤중에 건너지 않았기 때문이다. 환한 낮에는 위험한 강물을 볼 수밖에 없어 두려워하며 도리어 눈이 있는 것을 걱정하는 판이니 귀에 들리는 소리가 있을 것인가? 지금 나는 밤중에 강을 건너느라 눈으로는 위험한 것이 보이지 않고 두려움이란 오로지 강물소리에만 있어 바야흐로 귀가 무서워하며 걱정을 이기지 못하는 것이었다.

이제야 나는 도(道)를 깨달았다!

마음을 다스리는 자는 눈과 귀가 누(累)가 되지 않지만, 제 눈과 귀만을 믿는 자는 보고 듣는 것을 더욱 밝혀

도리어 병이 되는 것이다.

　내 마부가 말굽에 발을 밟히는 바람에 그를 마차에 태웠다. 말의 고삐를 풀어주고 나서 나는 무릎을 구부려 발을 모으고 말안장 위에 앉았으니, 한번 떨어지면 그대로 강물 속이다. 강물로 땅을 삼고 강물로 옷을 삼으며, 강물로 내 몸을 삼고 강물을 본성으로 삼으니, 이제야 내 마음을 다스리고 눈과 귀보다 마음을 믿게 되었다. 내 귓속에서 강물소리가 없어지니 강을 아홉 번이나 건너는 데도 걱정이 없어 땅 위의 수레에 앉아 있는 것 같았다.

옛날 우나라 왕이 강을 건널 때 황룡이 우왕이 탄 배를 등으로 업어 지극히 위험했으나 사생(死生)의 판단을 먼저 마음속에 밝히고 보니 용이거나 지렁이거나, 크거나 작거나 논할 바가 못 되었다.

소리와 빛은 외물(外物)이니 외물이 항상 눈과 귀에 폐를 끼쳐 사람으로 하여금 올바로 보고 듣는 것을 방해하고 판단을 흐리게 하는 것이다. 하물며 세상이라는 강물을 지나는 데 있어서는 그 험하고 위태로운 요하보다 심하며 보고 듣는 것이 오히려 병이 되는구나!

나는 다시 산중으로 돌아가 집 앞 시냇물 소리를 들으면서 이때의 깨달음을 되새겨보고, 마음을 살피기보다 눈과 귀의 총명함만 자신하는 자들에게 경고하는 바이다.

통곡할 만한 자리

박지원

통곡할 만한 자리

작품 정리

'통곡할 만한 자리'는 박지원이 청나라를 여행하고 쓴 기행문 《열하일기》중의 한 편으로, 새로운 문물과 사상에 깊은 관심을 가졌던 작가가 요동의 백탑과 광활한 요동 벌판을 보고 적절한 비유와 구체적인 예를 통해 매우 실감나게 묘사하고 있다. 특히 천하의 장관인 광활한 벌판을 보고 '통곡하기 좋은 울음터'라고 말하면서 그 까닭을 나름대로의 독특한 논리로 설명하고 있어서 '호곡장론(好哭 場論)'이라는 이름으로 불리기도 한다. 장관을 보고 감탄하는 것이 아니라 통곡하겠다고 하는 발상의 전환, 대상에 대한 치밀한 분석과 적절한 비유가 공감을 일으키는 작품이다.

작가는 요동 벌판을 보고 '한바탕 울고 싶다'고 표현한다. 사람들은 슬픔에만 울음을 자아낸다고 여기고 다른 감정에는 울음을 연결시키지 못하는데 사실은 인간의 일곱 가지 감정이 극에 달하면 모두 울음으로 표현할 수 있다고 하였다. 여기에서 드넓은 벌판을 보고 통곡할 만한 자리라고 한 것은 슬픔에서 비롯되는 것이 아니라 기쁨이 극에 달해 북받쳐 나오는 울음으로, 갓난아이가 어둡고 비좁은 어미의 태 속에서 넓은 세상으로 나와 터트리는 울음과 같다고 하였으며 새로운 세계를 접하는 자신의 기쁨을 표현하며 천하의 드넓은 벌판을 보고 감탄대신 통곡하겠다고 말하는 것이다.

핵심정리

갈래 : 기행문

연대 : 조선 영조시대

구성 : 비유적

배경 : 광활한 요동 지방의 기행

주제 : 새로운 세계를 만나는 기쁨

출전 : 열하일기 도강록

통곡할 만한 자리

칠월 초팔일 갑신일, 맑음.

정 진사와 가마를 타고 삼류
하(三流河)를 건너 냉정에서 아침을
먹었다. 십여 리 남짓 가다가 산기슭을 돌아 나오자, 태
복이 허리를 굽히고 말 앞으로 달려 나와 땅에 머리를 조
아리고 큰소리로 외쳤다.

"백탑(白塔)이 곧 현신하오."

태복이란 자는 정 진사의 말을 맡은 하인이다. 태복의
말이 있었지만 산기슭이 앞을 가려 백탑은 아직 보이지
않았다. 그런데 말을 채찍질하여 수십 보를 채 가기도 전
에 산기슭을 벗어나니 눈앞이 아찔해지며 눈에 헛것이
현란했다.

나는 오늘에서야 비로소 사람이란 본디 의지할 데도 없으며 다만 하늘을 이고 땅을 밟고 살아갈 수밖에 없는 나약한 존재임을 깨달았다.

말을 멈추게 하고 사방을 돌아보다가 나도 모르게 이마에 손을 대고 말하였다.

"통곡할 만한 자리로다! 한바탕 울어볼 만하구나!"

정 진사가 의아해하며 물었다.

"이 같은 천지간에 이렇게 시야가 시원스레 탁 트인 드넓은 벌판을 만나 속이 후련해지는데 갑자기 한바탕 울고 싶다니 그게 무슨 말씀이오?"

내가 대답하였다.

"그 말도 맞지만 꼭 그것만 있는 것이 아니라오. 예부터 영웅은 잘 울고 미인은 눈물이 많다지만 아무리 그래도 두어 줄기 소리 없는 눈물이 그저 옷깃을 조금 적시는 것뿐이요, 아직까지 그 울음소리가 천지에 가득 차올라 쇠로 된 종이나 돌에서 울리는 것 같다는 말을 들어 보진 못했소.

사람들은 희노애락애오욕(喜怒哀樂愛惡欲) 칠정(七情)

중에서 오직 슬픔(哀)만이 울음을 자아내는 줄 알았지 다른 감정 역시 모두 울음을 자아내는 줄은 모를 것이오.

기쁨(喜)이 극에 달해도 울게 되고, 노여움(怒)이 사무치면 울게 되고, 즐거움(樂)이 극에 달하면 울게 되고, 사랑(愛)이 사무쳐도 울게 되고, 미움(惡)이 극에 달하여도 울게 되고, 욕심(欲)이 사무치면 또한 울게 된다오.

답답하고 억눌렀던 감정을 확 풀어버리는 것으로 큰 소리로 우는 것보다 더 빠른 방법은 없소. 울음이란 천지간의 뇌성벽력에 비할 수 있을 거요. 극에 달하여 복받쳐 나오는 감정으로 울음이 터지는 것이 웃음과 무엇이 다르겠소?

사람들은 일상 중에 이처럼 지극한 감정을 겪어 보기가 쉽지 않기 때문에 교묘하게 일곱 가지 감정을 늘어놓고 '슬픈 감정(哀)'에만 울음이 어울린다고 생각하는 것이라오. 그래서 사람이 죽어 초상을 치를 때에는 슬픈 일이라 하여 억지로라도 '아이고' 하며 울부짖는 것이지요.

　　그러나 정말로 칠정에서 우러나오는 지극하고 참다운 소리는 참고 억눌러 천지간에 쌓이고 맺혀도 감히 터져 나올 수 없소. 저 한나라의 가의는 자기의 울음터를 얻지 못하고 결국 참다못해 자신을 알아 준 왕의 선실(宣室)을 향하여 큰소리로 울부짖으니, 어찌 사람들을 놀라게 하지 않을 수 있었을 것이오?"

　　정 진사가 듣고 있다가 다시 물었다.

　　"그래, 지금 통곡할 만한 자리가 이토록 넓으니 나도 그대를 따라 한바탕 통곡을 해야 할 텐데 무엇 때문에 울어야 할지 모르겠소. 칠정 가운데 어느 '정'을 골라 울어야 하겠소?"

　　내가 대답하였다.

"갓난아이에게 물어보시지요. 아이가 처음 어미의 배에서 밖으로 나오며 느끼는 '감정'이란 무엇이겠소? 처음에는 밝은 빛을 볼 것이요, 다음에는 부모와 친척들이 눈앞에 모여 있는 것을 볼 수 있으니 아기는 기쁘고 즐겁지 않을 수 없을 것이오.

태어나서 처음으로 갖는 이 같은 기쁨과 즐거움은 늙어 죽을 때까지 두 번 다시 없을 일이니 슬픔이나 노할 일이 있을 리 없고, 그 '감정'이란 응당 즐거움과 기쁨으로 소리 내어 웃는 것이 당연하지만 도리어 분하고 서러움이 복받치는 듯 한없이 울음을 터뜨린다오.

이것을 보고 어떤 이는 말하기를 인생은 잘났든 못났든 제왕이든 백성이든 태어나 언젠가 죽기는 매일반이요, 살아 있는 동안에 허물과 환란, 근심과 걱정을 백방으로 겪을 테니 갓난아이는 세상에 태어난 것을 후회하며 스스로 먼저 통곡하여 제 조문(弔問)을 제가 하는 것이라고도 하오.

하지만 이것은 결코 갓난아이의 진심이 아닐 것입니

다. 아기가 어미의 태 안에 자리를 잡고 있을 때는 어두운 데서 갑갑하게 얽매이고 비좁게 지내다가 하루아침에 탁 트인 넓은 곳으로 빠져 나와 팔을 펴고 다리를 뻗어 정신마저 시원하게 될 테니, 어찌 감정이 다하도록 참된 소리를 질러 한바탕 울음을 쏟아내지 않을 수 있으리오!

그러므로 갓난아이의 울음소리에는 기쁨이 극에 달해 나오는 것이며 가식이 없다는 것을 마땅히 본받아야 할 것이오.

금강산 비로봉 꼭대기에 올라서서 멀리 동해 바다를 굽어보며 한바탕 통곡할 '자리'를 잡을 만할 것이요, 황해도 장연의 금사(金沙) 바닷가에 가도 한바탕 통곡할 '자리'를 얻을 수 있을 것이오. 그런데 오늘 요동 벌판에 이르고 보니 이곳에서부터 산해관까지 일천이백 리 구간은 사방을 둘러봐도 도무지 산 하나도 볼 수 없고 하늘과 땅이 실로 꿰맨 듯 맞붙어 있어 이 벌판 가운데를 오고 가는 비와 바람만이 창망할 뿐이니, 이곳 역시 한바탕 통곡할 만한 '자리'가 아니겠소?"